Urbain Lami

I0533765

Lombrisphère

Éditions Dédicaces

LOMBRISPHÈRE, par URBAIN LAMI

ÉDITIONS DÉDICACES LLC

www.dedicaces.ca | www.dedicaces.info
Courriel : info@dedicaces.ca

Urbain Lami

Lombrisphère

À Dany et Marie-Ange
Et toutes les chandelles de la vie radieuse

Chapitre 1
Les terres de l'ombre

Nos aïeux croyaient que tout était absolument possible dans la nature. C'est pourquoi, ils acceptaient qu'un lombric puisse s'exprimer à la face du monde. Le lombric était l'expression parfaite des essences, mais aussi le symbole de l'innocence dont ils cherchaient le secret. Sur un tableau de vers, ils avaient reproduit l'une des intrigues les plus remarquables que l'œil ait jamais suivie. Toutefois, pour y arriver, différents obstacles devaient être franchis. Ils y étaient parvenus, non sans mal, quand ils eurent sondé les sources de la lumière et de la connaissance.

Leur histoire était inouïe. Elle laissait dire que les vents voyageaient dans des caravanes d'éther. À mi-chemin de leur parcours habituel, la lune et le soleil observèrent une longue pause dans le pays à la beauté inoxydable.

Bienvenue en Lombricie ! À l'entrée, les portes de ce lieu présentaient un cœur. Les essences vives étaient là, dégorgeant leur coupe d'innocence et de pureté. Pour le moins, la fibre verte, toujours prolifère, mais sans jamais être indélicate, scintillait de mille feux. Les nuances du vert vous entouraient de grâce et de douceur. Les projections ombrées des pétales et des étamines étouffaient la chaleur sur leurs revers en biais. Et quoi encore ? La paix, couronne de Lombricie ? Oui, cité des cœurs s'élevant dans l'ombre.

Ces terres étaient fruits de la passion. Ouvertes, elles élevaient leurs ondes en tout temps. Les tiges ondoyantes des jardins valsaient et dissipaient toute invitation à la monotonie. Les tisserins de chlorophylle et des pièces végétales finement tricotées se mêlaient pour le meilleur. La coupe des essences une fois bue, la terre féconde se récréait sous les rayons de lumière et la pluie. Immenses encensoirs de vie, les paysages en cascade descendaient toujours si profondément dans les puits perdus, les enceintes de fleurs, et les sens, jusqu'aux sources de l'essence pure vertigineuse éclaboussant ombres et réalités. La pureté des ombres s'échappait muettement des mines de grège et vous attendrissait au seuil de cette étonnante contrée.

Les arbres du coin et de la plaine se disaient bienheureux. La tendresse des herbes gaies berçait les futaies irrégulières, trahissant une complicité facétieuse et théâtrale. Durant la course des millénaires - ces pèlerins infatigables - la flore, la faune et les terres avaient scellé une alliance verte. Les lombrics en tenaient le dépositaire. Son nom était Lombrimet. Toujours bien entouré, ce singulier lombric ne manquait jamais d'apprécier - dès les premières lueurs du jour - les pierres curieuses, témoins de cette amitié confondante. Cette amitié vous apparaissait toute verte et en musique. L'entendiez-vous ? Que chantait-elle ? Les chants de la vie, vase des essences immaculées, à la fois vraie et multiple.

L'essence de vie - inhérente à ses sujets - avait révélé sa colère, le jour du jubilé, contre une cohorte de muridés pirates et Méandrine. L'histoire était sordide et aveugle. Préférant éviter que l'intrigante inimitié des envahisseurs vienne détruire cette partie sous les cieux, la providence avait renversé le cours de la colère, fermé ciel et cœurs, et plongé le souvenir de leur révolte insoutenable dans le fleuve de l'oubli, eaux coulant toujours sous *l'Autel des mémoires*.

Tirant les leçons de l'histoire, tous se souvenaient des paroles de Lombrimet. Ce bel héraut des terres rappelait par moments : « La vie ne connaît pas de fin et la bourse du bonheur est

6

toujours pleine. La vie connaît la mort, c'est pourquoi la folie ne peut se cacher sous les rayons de lumière ».

L'histoire fut donc sagement reçue et gravée sur le chemin des humbles, celui qui s'ouvrait à l'étranger aux frontières septentrionales du Nil. Ce chemin bien visible était éclairé de jour comme de nuit. Il était imprimé dans la pierre de manière à éviter qu'il ne soit effacé par l'érosion. Quand des pas s'y trouvaient, le chemin devenait plus terreux que d'ordinaire. Les marcheurs pouvaient alors se retrouver. Cependant, il pouvait aussi disparaître aléatoirement lorsque le Nil était en crue.

Juste du côté central de ce brillant décor, cet anti-désert polissait ses sillons. Les vibrations impondérables de ses papillons faisaient bouger les couches superficielles de duvet suspendues au-dessus des lombrics. Les lames qui bordaient les chemins de jais du foyer central émettaient un son particulier, semblable à celui que produisaient des ailes de lépidoptères. Il était nécessaire d'écouter et de regarder pour acquérir la connaissance des hymnes éoliens de la savane et de la forêt.

Les cours d'eau en paix restituaient leur aménité, tantôt servies sur les pointes vertes et tournoyantes des lèvres innocentes et des roses sacrées. Ils humidifiaient le pays, en composaient les fluides, arrosant les racines et les arbustes. La vie s'élevait de terre pour ramollir les extrémités de la flore. Les fragiles battements des feuilles de l'ombre coulaient dans la plaine dans une extase de minuit.

Lombrimet réfléchissait toujours détendue. Quel message transmettre aux générations de souffles qui venaient ? Que préserver du charme de nos terres si convoitées ? La Lombricie défiait la colère du Mal. Elle était menacée par les océans en crue qu'épouvantaient les envahisseurs insatiables tapis aux portes.

Lombrimet était cette silhouette modeste et sombre qui réjouissait le   grand jardin. Son corps élancé et ses muscles de prince laissaient toujours une impression d'harmonie qui culminait avec ses convictions de lombric. Ses racines bronzées se confondaient avec cette terre si généreuse, entrouverte, longue et d'une franche gaieté. Longue ? Oui, elle longeait en effet le Nil. En inusable diligence des rives du nord et du sud, ce fleuve au charme incomparable gagnait toujours aux jeux de la familiarité. Du matin au soir, cette coursière de rêve était fidèle à sa mission et transformait les terres de l'ombre en terres de l'exubérance. Pour le fleuve, il n'y avait pas un instant à perdre ! Il invitait à l'action : « Me sollicitez-vous ? Eh bien je suis à vous ». Les terres verdoyantes embrassaient alors les mœurs épurées de cette princesse aux courbes bien dessinées qui bénissait la contrée. Les ondes d'or qui l'enveloppaient dès l'aube l'apaisaient et emportaient son silence de crépuscule brûlant et insaisissable au sommet des cimes épanouies.

Quelques fois, lorsque le silence de cette contrée débordait, la rendant magnanime et ivre de paix, le chant du Nil venait réveiller des courbes éparses de verdure et de cristal. Chaque matin, les rosées successives provoquaient un recueillement corpusculaire des terres. La vie coulait à flot. Toutefois, l'opulence ne connut aucun ralentissement bien que tous sussent le sort tragique de contrées semblables. Les nouvelles étaient donc reçues avec une relative désinvolture. Pour le moment, aucun mauvais présage ne serait servi aux oreilles. Si la colère des ennemies excitait flammes et tourbillons de convoitise, la paix avait fait le choix, contre tout entendement, d'habiter ce lieu et d'y établir sa demeure. Les ténèbres ruminaient leur vengeance et leur jalousie se faisait entendre aux portes de ce somptueux paradis qui en avait été averti.

Cette terre paraissait mystérieuse. Certes, elle ne chancelait sous aucune ombre de contrariété. Quand se produisit l'assaut des ténèbres, toujours embusquées derrière les lointains montagnes et marécages du nord, le ciel chuchota aux terres et étreignit ses cordes, lesquelles dérobèrent le sol sous les pas des envahisseurs. « Je vous aime », répétait sans cesse le ciel à ses amies. Le cœur des terres battait, se laissant dominer par la lumière et la pureté qui tournoyaient sans jamais être ou paraître voilées. Les bulles explosaient de désir et affleuraient délicatement des sols sympathiques.

Le Nil présent, la sécheresse était absente. Les multiples niches de vie prospéraient et narguaient la faim. Chardons et épines ne faisaient pas partie de la plèbe. La noblesse avait un charme vert. La bassesse n'était point nommée aux recoins de la cité de paix. Les miasmes de la spéculation foncière des cieux tourmentés n'y avaient jamais été aperçus. L'usure ne faisait pas langage. La terre s'y nourrissait de tout son être et laissait s'accoupler ses amis dans les corridors montagneux, les jardins suspendus et les échelles vertes ou bleues, en autant de scènes langoureuses que vous pourriez en imaginer.

Un détail vous frapperait : sur chaque élément, l'énergie et l'effervescence de la vie confinaient à la contemplation. Cherchiez-vous à déchiffrer la source de cette énergie ? Il devenait alors tentant de secouer des pétales pour connaître le crédo des terres de l'ombre : « La vie te plait, tu lui plais, embrassez-vous, chargez votre carquois de rayons de lumière, plongez dans le fleuve des sons purs », se rappelait-on. Autant de vie, c'était le bonheur incandescent de la grande famille de l'ombre.

Quiconque s'évadait sur les terres de l'ombre cultivait une joie convoitée, toujours de soie, polie et confiante. Les liens se tissaient dans cet univers comme sur une toile de plomb, solide et durable. Comment décrire cette joie planante et incrustée dans des êtres et des objets aussi divers que généreux ? Mince ! Les pensées y faisaient tant de bruit, dérangeant la quiétude des silencieux. Un seul mot semblait pourtant être la clef : essence. « Je te sens » nous fut-il dit. Lorsqu'au début et de loin on observait ce spectacle de plénitude, les mots s'étaient bousculés au seuil de l'étonnement jusqu'à ce que toute mutation idéelle s'estompe.

Un peu comme vous l'avez deviné, mots et pensées étaient en terres étrangères. Toute force cérébrale qui les accompagnait parut inconsistante et inconstante tant et aussi longtemps qu'elle buvait aux sources d'un dangereux alcool d'ambitions et de confusion. De si loin, elles se savaient intruses, profanes et glauques. La révolte légendaire contre l'ordre de la nature inspirait le dégoût. Leur étreinte de fer pétrifiait les roseaux et les tiges de papyrus. Que dire des joues enfiévrées des colons dont l'instinct infernal préparait le plus sombre des dénouements ? Leur ricanement sourd se faisait entendre en effet sous ces cieux : « Maître, maître, j'arrive ». Triomphe et crimes s'annonçaient donc aux portes de vert, le baiser mortel préparé avec une perfidie et une attention ignorée dans ces terres de paix.

La Lombricie l'avait compris, la volonté dominante arrivait sur ses pieds de fer, méchante et insensible. Vertige des plaines écrasées, elle se faisait entendre à mille lieues. Peu importe ! Il fallait vivre, en attendant de flétrir, transfiguré et dans la totale plénitude, en terrain conquis. La vie régnait et les terres n'étaient liées à nul autre que les présents.

Parfum de vie, la beauté du lieu avait une influence narcotique sur la douleur. Les allées d'eau et les citernes à fleurs en étaient arrosées. Incontestable courtisane du Nil, sa flotte de pierres était constituée d'une riche couche d'humus disposée en amont, le long des rives bleues, jusqu'aux ceintures bosselées qui lui donnaient en aval un agrès si unique. La vie grouillait, forte et sensuelle. Vous en conviendrez, au-dessus et en dessous de l'eau, le désir de vie était roi. Sous les arbres, les terres noires éclataient de joie, respiraient, mouvantes et libres. Un mouvement ? Oui, celui de toute chair tombant à genoux, bénissant arbres et herbes, sols et horizons. Leurs fines couches papillotaient la poussière au contact de la rosée du matin. L'un après l'autre, désir et beauté s'entremêlaient pour former un havre de paix.

Tiens ! Une odeur fraîche de sols brunâtres ou noirs. Odeur précieuse ! Elle n'était ni celle du brûlée ni dangereusement malsaine. La mort répandue sur ses draps souples et aérés ressuscitait vie si vite ! Elle déployait ses effluves dans un grondement d'énergies qui confinait au bien ! Un profond gémissement ondulait sous les minuscules alvéoles qui donnaient à cette terre une texture si particulière. La matière se découvrait une beauté millénaire et immaculée. Vierges aussi, les eaux luisaient et s'épaississaient.

La Lombricie était vivante. Sa vie affleurait en permanence. Elle s'y épanouissait extraordinairement. Les édits de paix gravés sur les écorces étaient aussi insolites que ceux du chemin des humbles. Dans l'ombre, les lignes et les courbes s'unissaient pour former un tout de vie. Tout y attirait en effet l'attention. Si vous suiviez le chemin des présents, aucune indiscrétion ne vous échapperait. Les complots de l'amour vous donneraient une certaine joie d'être, pour mûrir votre esprit lombricien. Les amies, des racines, des fleurs et de l'humus suscitaient autant d'amour que de plénitude. Vous viendriez pour y prendre des pierres de vie ardentes. La mort, par habitude, semblait y être devenue si humble, à défaut d'être une simple hypothèse, une intuition de silence immobile. Juste pour un temps seulement.

Il n'y avait pas de destructions cruelles et atroces. Les confrontations étaient celles des expéditions de pollen qui ravissaient les étendues et leurs armées. La force irrésistible de la vie se déployait, toujours, telle une matriarche qui étreignait candidement ses petits-enfants. Les couleurs et les lumières vous guérissaient et vous chérissaient. Le chœur des ombres se faisait entendre alors, au cœur du foyer central, dans un sifflement puissant de douceur, libérant ainsi un bruissement inusité :

> *Nos terres sont vie*
> *L'ombre nous ravit*
> *Nulle ombre vide*
> *Ne repose ici*

Les mémoires vives de la savane et de la forêt étaient marquées en lettres de feuilles vives sur les terres de l'ombre. Voulez-vous savoir ce qu'elles traduisaient ? Que chez elles, il n'y avait ni force ni faiblesse vides. Tout était abondance des êtres aimants et amants.

La façade enjolivée des reliefs de paix vous tendait les bras, irrésistibles et dépolis. Les fleurs et les fleuves coulaient vers chaque point où venaient se réjouir les chœurs de midi. Lorsque le soleil pointait et atteignait son zénith, le concert du silence et des ondes végétales enflammait cette contrée aux mille facettes. À chaque instant, tout écho de vie proclamée retentissait, sans relâche, au-dessus de ce navire de terre et de souffles, recevant éloges du dedans de son peuple, et s'ébranlant à la marche de ses chevaliers et sauvages.

On avait entendu de si loin les mystérieuses nouvelles qui rapportaient le miracle des terres de l'ombre. La vie était miracle. Dans les terres de Calame le fourbe, il se disait argent, pouvoir, domination. L'abondance de l'argent y avait appauvri les cœurs, les rendant malades et altérés. Cela se savait. Le système réticulé que supervisaient les fondeurs de l'argent était réputé implacable. Il était évident que le mercure de la cupidité ne pouvait être associé aux vertus de la nature. L'amour de l'argent était ce pouvoir terrifiant de la cupidité. Il détestait l'humus et les racines. Ses grands doigts prenaient et détruisaient ce qui était à la nature, corrompant et falsifiant avec autant de légèreté que d'aisance les couleurs de la vie. L'argent était le parfait cambrioleur de la savane et de la forêt, l'ennemi de son âme.

Sous la férule de Calame, le règne de la cupidité avait couronné la mort, offrant ses tourments d'enfer aux souffles de chair. La vie de même fut engloutie, se vidant d'elle-même de ses qualités. Devenue impropre, elle était déteinte et liée, trainée sous une pluie de pierres et dans le chaos.

La cupidité avait creusé des trous de haine. Ils étaient aussi profonds que les eaux du Congo dans les consciences brisées de celles qui l'avaient acceptée. Les sensations, les perceptions et les rêves de ses ombres de chair étaient devenus aussi étranges que les hallucinations provoquées par les plaies de la nuit. Les vies intérieures étaient en permanence souillées. Elles reposaient désormais sur de grossières erreurs d'équivalence ou d'état. L'argent aimait la comparaison et la Gourmandise connaissait son monde maladroitement hypothéqué. L'argent n'était pas invité, car il était pauvreté de vie.

Les terres vivantes de l'ombre s'étiraient un peu plus chaque jour vers de nouveaux cieux. Elles prospéraient avec la force des jointures qui tenaient tout le système de production de la vie. Les idées ou rumeurs qui venaient briser sa quiétude périssaient avant d'en avoir traversé le cœur. Son patrimoine de paix restait sous la protection de ses gardiens, impassibles et solidaires, et dressés face au vent de la destruction. Les terres avaient recouvert chacun de leurs éléments d'un baume adoucissant de vie. Tous marchaient, différents les uns des autres, en serviteurs de ces terres généreuses, dans une assurance de vérité. Le bien n'était-il pas plénitude de vie ? Cette plénitude avait un prix : il s'agissait pour les présents de libérer leurs humeurs dans cet univers où seules les âmes en paix pouvaient procurer la paix, la délivrer et la conserver.

D'autres peuples que ceux de l'ombre avaient appris à faire des flammes de haine, des armes, des vaisseaux, alors que le peuple de l'ombre était resté aussi constant dans son alliance de pureté. Ces terres appartenaient aux peuples qui en étaient la chair, la fibre et le souffle. Comme chaque lombricien, les terres fixées à jamais semblaient immuables et profondes, portant la marque indélébile des essences pures. Les cieux en gardaient le témoignage.

Sur ce point, la Lombricie ancrait son élévation dans la beauté tout en se plongeant dans une dimension incommensurable de la lumière.

Chapitre 2
Le peuple de l'ombre

Je m'appelle Lombricam. Je vous ferai découvrir le peuple de l'ombre. Lorsque vous avez reçu nos émissaires, intendants de nos mémoires, vous êtes entrés sur les terres de l'ombre. Vos pas ont d'abord connu les terres noires. Ensuite, vous avez pu en apprendre de nos congénères qui marchaient et tous leurs alliés qui volaient ou nageaient. Ils étaient si nombreux, autant dans les airs que sur terre ou dans les eaux. Leur nombre était de l'ordre de la myriade. Si vous aimiez les chiffres, ils ne vous serviraient pas à grand-chose. Il y avait tant d'activités et d'athlètes de toutes couleurs. Les couleurs étaient lumières de jour comme de nuit, donnant aux êtres une qualité infiniment actuelle, une création perpétuelle dans la nature. On avait coutume d'entendre que la sagesse avait la barbe grise au-delà de nos frontières, et que l'âge ralentissait la vie. Chez nous, la jeunesse était la vie qui transportait les cœurs et les pattes. Chaque matin, elle sonnait aux portes, pour embrasser les pensionnaires qui s'arrêtaient à son seuil pour en apprécier de la beauté les variations. Après ces mots, Lombricam ouvrit les vannes de la savane et de la forêt qui s'engouffrèrent dans son esprit.

Connaissiez-vous le milan noir ? Aviez-vous déjà rencontré la rousserole ou le souimanga ? Si vous aimiez ramper, le cobra à cou noir se serait plu à vous offrir une visite de prestige au milieu des vignes du jubilé. Nous buvions d'ailleurs chaque jour un breuvage de vie fait à partir du fruit de la pureté de nos essences. Si nous n'étions pas ici, nous pensons que la vie aurait sans doute eu un tout autre sens, un écoulement que nous ignorons, mais que nous avons le privilège de découvrir et de faire nôtre, parce qu'elle est ici avec nous. Ne pas avoir été ici serait un châtiment que toute conscience extérieure qualifierait de misère.

Si vous étiez déprimés, vous pouviez observer la queue du milan noir en forme de « v ». C'est le « v » de la vie. Les grands arbres qui jalonnaient les terres et le lotus le saluaient à chaque passage majestueux. Aux côtés du souimanga dont le plumage irisé et très bariolé écartait les ombres, le milan noir et l'hirondelle rustique décoraient nos cœurs de verdure. Les aviez-vous vus au concert donné par le bulbul des jardins ? Tous avaient ri, fort et longtemps, s'étaient amusés de grâce et de bonheur. Voyez, l'ennui s'ennuie chez nous. La flûte du bulbul vous rendrait méconnaissable si vous ignoriez tout de la joie. Vous danseriez, chanteriez le cantique de l'essence immaculée, vous élèveriez l'étendard des vents. Tout ici indiquait un principe de reproduction permanent des essences, de l'authenticité et de la générosité. Le temps apparaissait comme créateur de vie, réparateur des bris et conscience de chaque mouvement. Le principe de vie avait impliqué que le mouvement évacuateur soit l'articulation de l'être en révélation dans nos terres. Aussi, comprenions-nous qu'il eût été étrange que la mort ne fût pas elle-même partiellement essence de vie, en nous, en l'autre et pour tous. Mourir, c'était apprendre à revivre.

La justesse de la vie, nous la voyions aussi dans les tiges de nos Cyperus papyrus. Les racines de papyrus étaient prospères et fécondes. Il produisait périodiquement des tiges jeunes et s'éparpillait dans les champs. Les terres en raffolaient et le chérissaient, quand bien même - contre toute tendresse considérée - il ne s'inclinait que devant la force de nos chers amis éléphants et hippopotames.

Les étoiles étaient à son sommet. Visible quel que soit le lieu où nous nous trouvions, il nous rappelait que la course de

16

la terre vers le ciel était une aventure cosmique, concurrente de celle de chacun de ses propres objets. Les étoiles de nos papyrus étaient par cela seul un mouvement distinct de vie. Déployées en toute direction, elles ne s'écartaient point des lumières des étoiles qui tombaient du ciel. Ce que ces lumières nous montraient, c'était le reflet authentique des essences. Sous leur clarté, était désigné celui-ci, montré celui-là. Ces lumières étaient portions de vie.

Les lumières qui jaillissaient des essences marquaient leurs propres frontières. En effet, les étoiles de papyrus et les lumières qu'elles recevaient étaient promues sur place pendant leur communication avec le ciel. Pareillement, elles se recouvraient des rayons de lumière des êtres de la forêt. Elles étaient toutes à tous pour montrer un chemin de perfection à ceux qui aimaient l'étendue infinie.

Nous avions aussi beaucoup de fleurs. De magnifiques fleurs de pavots vous attendaient au bord des montagnes de l'Est. Venez explorer leur grande solitude ! La beauté se dressait reine au milieu de la verdure. Des couleurs vives, rouges et sensuelles, enchantaient les flancs des montagnes. Pas très loin, vous respiriez aussi les parfums qui se répandaient des menthes mêlées à l'oliban. « Vous savez, nos parfums et nos odeurs sont santé », souligna Lombricam. Par une journée pluvieuse ou d'harmattan, vous verriez l'herbe se mouvoir, s'inclinant ou se penchant pour se laisser caresser par les vents et les parfums mentholés.

Nos oiseaux s'envolaient toujours pour revenir plus vite vers les aires du bonheur. Nous apprenions à vivre ensemble, en paix et en joie. Il y a quinze soirs, le cobra à cou noir avait rencontré une perdrix au bord de l'eau. Après un long récit digne des griots du delta, les deux tombèrent de fatigue, se réjouissant ensuite de la venue du bouquetin de Nubie. Celui-ci, par curiosité, s'était aventuré vers les frontières du nord pour comparer sa barbe à celle du seigneur Gourmandise. Fichtre ! Les terres brûlées dans le lointain ne se refermèrent pas sur lui, laissant heureusement le temps ramener son œil facétieux et ses pattes agiles aux portes des terres de l'ombre. Comprends-tu ?

Pour rejoindre les bords du Nil, Lombricam se mit à glisser mollement sur le sol humide. « J'ai envie de faire quelque chose de nouveau », se disait-il. Quoi ? Le corbeau à queue courte l'avait entendu. Ils se rapprochèrent, puis les deux se frottèrent l'un contre l'autre comme des amants de la première veille. Lombricam avait la longueur d'un tour de tronc d'acacia vieux de cinquante pleines lunes. Son corps gracile et luisant était d'une délicatesse infinie. Son mouvement péristaltique faisait penser à une danseuse de ballet effleurant et volant sur le sol. La chorégraphie de ses amies à deux pattes jaunes et noires qui vrombissaient tout autour et de temps en temps le tirait de sa profonde réflexion. C'était un spectacle dont il ne se lassait jamais. Son corps d'une régularité sphérique se fondait dans ce puits de classe et de goût. Le corbeau à queue courte, assis juste à côté, lui demanda : comment inviter toutes les légions de lombrics au prochain jubilé ?

Lombricam réfléchit un instant. Il dit : « Nous l'avons déjà fait. Cette fois-ci, alors que notre nombre a été plusieurs fois multiplié depuis sept courses de la terre, il va falloir faire preuve d'imagination ». Il était sorti pour cette affaire de la plus haute importance. Pendant encore quelques lunes, il devrait emmener ses frères et sœurs au foyer pour qu'ils bénissent le ciel qui s'était montré si généreux à travers l'alliance.

Au creux de l'infini, le soleil jouait malicieusement. Son auréole flattait les derniers rayons espiègles qui dandinaient sur l'horizon. Sous son regard, le bouillonnement permanent des lombrics annonçait une grande effervescence. Bientôt, le foyer central devrait recevoir le peuple de l'ombre pour qu'il danse au clair de lune et chante un cantique de labeur que lui seul était choisi pour en faire représentation pendant le jubilé.

Avec un empressement contenu, Lombricam, en témoin de circonstance, se mit à tracer des lettres molles sur le sol. Elles étaient converties et rendues - à quelques exceptions près – en celles-ci, par les cordes humides des êtres de terre :

Sous les ombres du souvenir
Mille terres noires pour bénir
Généreuses et sans alâchir
Les mains unies pour servir

Terres de l'ombre et du loisir
Tes seins gouttent sans tarir
Puits d'une joie qui fait fleurir
Les hameaux de paix sans cuir

Peuple de l'ombre et du devenir
Le ciel s'incline pour te sourire
Soit ici prêt pour éconduire
Les vers qui supent ton élixir

Les lèvres vives font rougir
Les cimes sûres de mûrir
Les cœurs chastes de saphir
Meuvent les âmes libres d'agir

Ce chant rappelait tant de belles choses, beaucoup trop. Depuis toujours, le cœur du peuple de l'ombre était connu pour être un vase de gratitude. Comment profiler le train de vie qui émancipait cette contrée ? L'élan des corps en action avait toujours imprimé la vie intérieure de la terre en la faisant se transformer d'images en images de mouvement. D'ailleurs, les splendides colorations de la terre en étaient le témoignage, vous invitant en tout temps aux exaltations de la complétude. Celles d'en dessous, en particulier, faisaient chavirer votre raison, tant elles contrastaient avec les ténèbres. La paix n'y avait pas de limites. De même, dans l'ombre, toutes les nuances du foncé restaient d'une indéchiffrable harmonie. En effet, nulle cassure ne venait briser le mouvement uniforme de la vie qui en débordait.

Il fallait maintenant songer à convoquer le peuple de l'ombre et lui demander de former les meilleures hardes qui soient dans le pays. Si nombreux, les lombrics auraient vite fait d'envahir les terres en les retournant ou les déplaçant, vu leur croissance exponentielle. Mais la charité bien ordonnée commence par un lombric. Pointilleux, Lombricam prit son temps, nommant les membres de sa plus proche famille. Un à un : Lombriram, son aîné, Lombrikou, le second, Lombritari, le suivant, et Lombrida le plus jeune. À la vérité, il lui était impossible de tous les appeler, ceux qui étaient connus comme sa plus proche parenté. Cette famille était aussi réputée pour son ardeur au travail comme toute autre.

Les terres semblaient être étroites en Lombricie. À certaines occasions, les lombrics dévalaient par milliers. Pour autant, il n'y avait pas à craindre que les sols deviennent anémiques. La parfaite coordination de ce système bien huilé s'achevait avec le pacage des bovidés des plaines et de nombreux ruminants. En alliés des lombrics, ils chargeaient la terre de leurs bouses de manière à fournir suffisamment de nutriments qui étaient disséminés dans les sols. La dissémination exécutée, l'enrichissement des sols pouvait se répéter indéfiniment.

La force de cette chaîne puissante résidait dans chaque être qui la composait. Tous au travail, tous à l'ouvrage ! De

20

longues vies avaient vu le peuple de l'ombre avaler et vomir la totalité des plaines et plateaux du Nil. Les prairies à moitié couvertes devenaient de plus en plus denses en s'étendant vers le Sud.

Les lombrics qui avaient fui les contrées lointaines avaient rapporté que Calame arrivait avec des outils et des machines pour dévorer et écraser le peuple pur. Lombrimet fut interrogé à ce sujet. On lui attribuait une connaissance profonde de ce vaste monde et donc de ses mystères.

– Calame a-t-il de quoi nous inquiéter ? demanda Lombricam.

Lombrimet acquiesça, soupirant profondément, le regard fixé vers le sol, inquiet et étranglé par les visions de l'avenir :

– Il court ici la rumeur que Calame, à ses débuts, n'était qu'une tige frêle et réfléchie. Sa puissance - on le sait maintenant - sort de son puits, de son esprit échevelé, calculateur, désinvolte, anti-lombricien, et plus fort que le fer et le feu, dévorant cieux et terres et brisant l'alliance des patriarches. Qu'il me soit permis de souligner qu'il ne reste - au-delà de nos horizons - qu'un univers d'ambitions et de démesure. Calame est une bête fauve, et comme pour tout fauve, la gourmandise reste excusable. Voilà pourquoi, la mort, son allié, se trouve au bout de ses lèvres et de son estomac. Ses pensées noires sont un univers de peur et de tristesse. A priori, les rumeurs ne nous disent pas tout, du moins ce qu'il nous est utile de considérer pour sonder le concert des intentions qui bousculent les langues et les désirs. Toutefois, sans manquer d'être alarmiste, je confirme que le danger guette aux portes. Nous devons nous préparer à toute éventualité. La rancune et la vengeance de Calame sont mortelles et nous en sommes les cibles. Nos trésors sont aussi convoités. Il nous faut élever des défenses de paix. Les temps changent. Le vent passe, virevoltant et dansant.

Les lombrics s'abriteront sur les terres qui accueillent la douceur du vent. Il n'y a plus lieu d'exclure - pour les anciens comme les plus jeunes - que de grands dénouements arrivent. On aurait dû déjà considérer que Calame avait arrêté la stratégie d'attaque la plus violente que les cieux cléments aient jamais vue.

À la fin de cette réflexion, la tête de Lombrimet se couvrit de larmes. En jetant un regard pesant sur le monde de l'ombre, Lombricam chancela. Il se mit à battre sèchement le sol sous lui, à le secouer comme pour le réveiller. Les lombrics avaient une façon spéciale de s'inviter. Presque aussitôt après, une multitude se mit à grouiller et à sortir des entrailles de la terre. Le sol se fissurait de partout à l'appel de Lombricam. Combien étaient-ils ? Aucun nombre ne se fera connaître à vous. Les lombrics se posaient mille et une questions. Faiblesse ? Notre peuple est celui de la faiblesse, des sans-cornes, des sans-mâchoires, des sans-gueules, s'avoua-t-il. Existerait-il plus fragile que nous dans un monde où exclus, seuls une loi de fer et le règne de la mort constitueront les plus inaccessibles des garanties contre l'anéantissement ? La faiblesse du lombric n'était-elle pas légendaire ? Levez le pied et vous l'écraserez. Au fond de lui-même, Lombricam n'imaginait pas - pour toute la bonté du Nil - changer d'opinion, si par extraordinaire, Calame devait en arriver au point où il serait forcé de s'incliner comme le vieux sage : « Je crie à la fosse : tu es mon père ! Et aux vers : vous êtes ma mère et ma sœur ». Comment Calame pouvait-il changer sa façon d'être et de faire ? Il avait toujours été cet être redoutable, faisant figure de géant tant par la profondeur de son ventre que par l'étendue de sa folie. Si Calame devait retourner à la terre, il était logique de penser qu'il deviendrait un jour un lombric comme nous, et aucune autre conclusion raisonnable qui soit positive pour les présents ne pourrait prospérer à partir de ce point.

On entendait plus distinctement des clameurs dans la foule, car le jubilé approchait et la rumeur risquait de tout gâcher. À ce moment-là, les couleurs palissaient. Les lombrics serrés les uns contre les autres paraissaient extrêmement affaiblis. Le souvenir de l'alliance, bonne en tout temps, planait dans les cœurs bouleversés. En un clin d'œil, la peur s'était installée.

Lombrimet ouvrit la bouche et dit à tous ses alliés : « N'ayez pas peur. Le temps est venu, bien avant le jubilé, de célébrer la vie, nos amours, le mouvement radical des saisons et la beauté qui se dessine et se renouvelle sous les yeux. Nous n'avons pas à désespérer de l'alliance de nos terres. Cette terre nous a vus naître et grandir. Nous sommes témoins que la peur nous affaiblit et la foi nous guérit. Les eaux nous bercent depuis la tendre enfance. Comme elles, soyons prêts à submerger les montagnes de l'enfer. Alors n'ayons pas peur. L'avenir et ses mystères apportent leur grâce ». Peu après, le peuple de l'ombre se dispersa dans un silence assourdissant.

Chapitre 3
Les trésors de l'ombre

Le milan noir tournait de l'œil, étourdi par ce qu'il venait d'entendre. Oh la scène surréaliste, où sur une terre si généreuse, toute une foule en pleurs laissa s'abattre des sanglots de cimetière ! Ce bruit des arbres au-dessus de lui, le murmure des âmes brisées, grimaçantes et poussées vers le précipice par l'amertume et l'impuissance !

Par trois fois, Lombricam se leva, puis s'étendit. Il se saisit le bas du corps et le tordit violemment. Une douleur le traversa de part en part. Il se raidit irrésistiblement, luttant contre la peur et la peine. « Misères des misères, toutes peurs ne sont que misères », se dit-il. Luttant contre le néant qui le contemplait si minutieusement, Lombricam, d'un bond, se mit à se mouvoir, glissant son corps luisant sur les vagues d'épouvante qui agitaient, tel un tsunami, les fibres de chair.

Sous lui, les gaines de silices s'entrechoquaient. Les soupirs du vent sapaient les apparences, balayant cette matière précieuse, vêtue de rosée et sans gras. Étonnement, au bout d'un instant, Lombricam eut l'impression évanescente que le ciel changeait, les terres l'abandonnaient, lui refusaient leur confiance, éloignant la clarté et la beauté des pierres qui en faisaient la légende, poussant la glorieuse réalité vers les abîmes. Rumeur du soir, conspiration du matin ? Les menaces qui circulaient faisaient trembler nerfs et muscles. La douleur qu'elles causaient était si stupéfiante qu'elle engendrait un océan de rages. Le tressaillement des feuilles sur les têtes paraissait assourdissant. Toute adjuration jaillissait, sur le moment, de lèvres hésitantes dont le bégaiement ne pouvait être comparé qu'à celui des êtres à l'article de la mort.

24

Des pieds à la tête, Lombricam se desséchait. Il s'approcha du marais pour arroser son corps pendant quelques minutes. En gigotant tout nu dans l'eau, sa tête, coupée de pleurs et d'expressions inénarrables, feuilletait distraitement un sol impassible et serein. Mais oui ! Les terres n'avaient pas dit leur dernier mot. Les pleurs avaient arrosé les terres et les terres avaient entendu, vu et compris. Il était fou de supposer qu'elles apporteraient la mort aux étrangers. Si le péril paraissait imminent, l'argument de donner la mort, engloutir et dévorer ces étrangers, croulait encore plus sous une montagne d'absurdités. Consciemment, on s'acheminait vers le chaos, le désordre et l'horreur. Des situations impensables qui changeraient à jamais le cours de l'histoire.

Quand elle le devait, la collectivité des lombriciens, riche de son histoire, poussait toujours plus loin sa présence dans la terre. Elle en avait la maîtrise. Sa richesse se mesurait à l'aune de sa diversité. Toujours débordantes et quasi-plantureuses, elles étaient tissées et féminines comme des parturientes, donnant toujours l'impression de produire de la matière, d'être de chair et de mains, fermes et tendues, mais fixées sur des corps prodigieux qui se renouvelaient. Elles accueillaient la pluie, sans doute disposées à ouvrir leurs silos. Elles vous esquissaient un geste d'une élégance proverbiale que les cupides ne pouvaient comprendre. C'est là que vous désiriez faire votre chemin. Elles disaient : « Écoutez-nous. Chaque instant est précieux pour nous. Le moment est un étirement incessant de la grâce des êtres débonnaires que les regards scrutent dans le ciel. Nos palais sur terres offrent une quiétude permanente. Nous conjurons la faim et nous convoitons le partage. Nous donnons tout, et tant et aussi longtemps que nous pouvons, nous nous donnons nous-mêmes. Beaucoup l'ignorent - et nous le confirmons – la vie est en nous et veut que vous veniez la chercher. Les eaux ont arrosé et scellé cette alliance. En cadeau, beaucoup de pierres de grand prix ont été cachées dans nos entrailles pour rappeler le souvenir de cette mémorable célébration ».

Lombricam se souvint que ses aïeux lui avaient parlé de ces choses cachées qui brillaient. Elles étaient cachées à la vue, mais nul ne s'en était inquiété. Personne ne voulait de la peur. Jusqu'ici, tout avait été parfait. Depuis bien longtemps, l'onde des terres, c'était l'essence qui courait dans les plaines, sur ses jambes vigoureuses de zèbre. Connectée à cette énergie prospère de la vie en feu - au vert ou sous terre - elle s'était établie sur les rives boueuses du grand fleuve, force et vie, qui vous accueillait, et convoitait votre mouvement, pour s'attacher à vous. Le secret des choses secrètes, c'était aussi qu'elles étaient petites ou communes. La beauté n'était pas l'éclat propre de la pierre ou de toute autre couleur, car piège des âmes, elle ne pouvait plus être ce qu'elle était quand elle était auréolée de son propre enchantement, et centre de chaque mouvement. Tous le savaient. Dès que ce que vous regardiez devenait une idole pour vous, liant votre cœur et vos pieds, loin du respect et du partage, vous vous égariez. La terre invitait à la sagesse, c'est à dire à suivre les sentiers de la lumière. Il fut une époque où Méandrine apporta un cadeau et le posa aux portes des terres de l'ombre. Juste sur ce cadeau était inscrit un mot et une courte menace qu'elle avait intitulée: être-pour-ne-jamais-être.

Ce cadeau était un cauchemar de nuit trempé dans les ténèbres. Il était de la nature des choses à éviter chez soi. On l'appelait aussi « *énigme des ténèbres* ». Lombrimet rapportait qu'à l'origine, la loi unique et universelle qui dominait les cœurs et les souffles était celle de l'amour. Mot pourtant inconnu qui ne se prononçait pas parce qu'il était nature. Nulle encre n'était nécessaire pour rappeler ce qui était profondément buriné dans les cœurs et les êtres en mouvement qui s'épanouissaient dans les halos de vie. Puis la tentation de la quantifier vint irrésistiblement, au moment où quelques-uns s'assoupirent et voulurent changer la règle : un peu d'amour, trois-quarts d'amour, une demi-mesure d'amour, un cinquième d'amour…

Lombrimet avait pour sa part baptisé spontanément le cadeau « folie », quand il eut rapporté cette histoire, désormais gravée dans la roche des cryptes de la prairie du sud du Nil. Ce cadeau ressemblait à un gros œil de gastéropode monté sur un tentacule et qui pouvait être tiré indéfiniment vers le ciel, tel un élastique immatériel. À quoi songea Méandrine quand elle envoya un cadeau aussi insolite ? Voulait-elle insinuer que nous devrions regarder au-delà de nos terres, de notre paradis ? Voulait-elle embarrasser le peuple de l'ombre en lui faisant croire l'absolu mensonge, à savoir que l'ambition devrait embraser la terre ou enterrer les alliances de paix pour savourer la chute hypothétique de l'ordre établi sous nos yeux ? Funeste projet, pensa-t-il. Lombrimet souligna : « le ciel est chez nous, avec nous. Nos pyramides sont certes des montagnes de terre, mais aussi des échelles et des témoins de la mémoire collective. Nos montagnes connaissent nos corps. Mais aucun de nos cœurs n'est de pierre, la pierre étant pour nous l'élément rituel du sacrifice de nos âmes sur l'autel d'amour et de paix. Nous marchons sur une terre généreuse, faite pour des âmes précieuses, et toutes entre des mains limoneuses. Ce sont ces mains que nous, les lombriciens, utilisions pour régénérer la terre ».

De mémoire, il se mit à réciter les paroles qui souillaient son esprit chaste et glaçaient cette contrée immaculée. Écrit de sang, le texte profane de Méandrine se lisait :

Têtes et mains pour irriter la terre
Sont aux âmes qui partent en guerre
Stoïques même sous le tonnerre
Mal avisé de montrer cimetière

Nous ferons avec le mal adultère
Un nid pour les énigmes d'hiver
Adieu à l'amour cette chimère
Geôlière des nuits délétères

Arrivé bientôt aux portes austères
Cupide dessine ses sombres enfers
Faisant de la mort ultime chancelière
L'équipier du jour des œillères

Adieu à l'amour et ses mystères
Vive le roi des monstres et cratères
Agenouillé sous ses bannières
Couvertes du sang de ses croisières

Un long silence suivit la citation des derniers mots de Méandrine. Furent-ils proférés dans un accès de colère ou de folie ? En tout état de cause, toute preuve de torture du cœur du peuple était constituée. Les larmes et le souffle de Lombricam s'épuisaient devant de drôles de témoins : feuilles, perdrix, termites, milan et cobra noirs. Tous étaient accourus depuis quelques moments. L'étreinte des cœurs était terrifiante. L'insécurité idéologique qui enveloppait brusquement l'intime univers de l'ombre blessait les plus jeunes.

Un moment, certains eurent l'idée de se retrancher sous terre et préparer la riposte contre les mercenaires envahisseurs. Sinon impuissants, ils auraient voulu les supplier, défendre leurs biens, protéger leurs emblèmes et l'héritage de leurs aïeux. Beaucoup trop peu semblait avoir été fait pour résister à l'innommable. Il arrive un âge où l'univers semblait infidèle. Cet âge était peut-être arrivé. Une existence exceptionnelle arrondie dans la norme des choses ne pouvait qu'être un chemin de facilité. En attendant de voir s'accomplir les désirs auxquels ils étaient les moins accoutumés, le peuple de l'ombre et ses alliés pouvaient tenir cependant en haute estime les Gardiens secrets et invisibles qui veillaient à l'équilibre permanent des forces dans la nature. Le ciel, terne et silencieux, apparaissant quelques fois sous le signe de l'arc, et témoin circonspect, en avait vaguement montré les signes de miséricorde pendant l'office commémoratif de l'alliance.

Dans l'attente du jour où Méandrine et ses alliés viendraient attaquer les terres de l'ombre, le peuple uni résolut de ne pas faire l'inventaire des dons du ciel aux présents. Pour le moins, l'indication d'un lieu particulier fut rappelée. Au cœur des terres, une table de cristaux qui cachait un escalier souterrain était dressée. Elle se fondait dans la verdure. Celui-ci descendait dans un lieu appelé *l'Autel des mémoires*. Pour vous faire une idée, ce lieu était la demeure du silence, de l'esprit et des prières, là où de temps à autre, les nombreux peuples du lieu - les mâles et les femelles - par groupes ou seuls, venaient entendre la voix du silence. Son murmure doux et léger qui caressait délicatement les intimes de la pureté se faisait alors reconnaissable. Ce murmure doux, vous ne pourriez le comprendre. Vous deviez le vivre. C'est aussi là que les pleurs devenaient des prières, que le corps des lombrics, pour un temps indéfini, émettait une vapeur bienfaisante et apaisante, que la douleur des poignets livrés au sacrifice des vies se dissipait. En ces lieux-là, les chants se transformaient en paillettes. Une musique vous embaumait et les esprits en pleine ascension baignaient dans la lumière, captivés par la beauté des échos intérieurs.

Sans faire attention à l'insécurité bruyante qui renversait le silence de ces parvis sacrés, les témoins, trahis par les lourds battements des cœurs, déclenchèrent involontairement les pavillons des parois spongieuses de l'Autel des mémoires. D'ordinaire, les parois étaient disposées de manière à absorber l'écho fou des pulsations charnelles.

Le recueillement élevait le confort des cœurs. Dès qu'ils eurent traversé le rideau des ombres, le désordre des chairs disparut. Le temps des révélations était venu, moment solennel où l'inconfort montait et s'éclipsait.

Au bout d'un long couloir souterrain, près d'un bonzaï d'érable palmé, une ombre se confondait étrangement à celle d'un sycomore. Un livre de plusieurs feuilles vertes rangées dans le coin était posé sur une crédence, s'éclairant de jour comme de nuit à la provision de rayons discrets. Son message n'apparaissait qu'au moment où les Gardiens décidaient de le révéler. On ne pouvait percevoir la source de cette lumière jaune. Les feuilles de fibres végétales livraient un message en forme de signes quand il le fallait. Les témoins acquéraient dans ce cas une intelligence ponctuelle pour déchiffrer les idéogrammes.

Pour le moins, ceux-ci ressemblaient à des objets familiers. À quoi pensiez-vous ? Des faucons dans les nuées, des bandes de coureurs qui grattaient le sol avec leurs pattes, des lombrics creusant des galeries, des araignées sur une toile, des éléphants sur les bords du Nil, des lèvres et des becs en ascension, des nuages couvant le vent dans le ciel, ou les abeilles faisant la cour aux fleurs… Le tout était assemblé de manière unique. Au demeurant, les mémoires scellées étaient ensuite préservées dans une dimension inconnue. Le livre précieux faisait office de tableau pour tant de vies et de familles ! C'était aussi celui des mémoires

30

de toutes les alliances conclues sous le ciel ainsi que le témoignage des disparus. À l'occasion, les visiteurs pouvaient alors découvrir les notes insolites du silence fuyant les incursions des yeux raseurs. Les lombrics et leurs alliés avaient là, sous leur regard, un grand miroir.

En Lombricie, les différents peuples vivaient en parfaite harmonie. Les lombrics, toujours réputés pour leurs corps frêles et luisants, n'étaient pas les moins considérés. Bien au contraire, ces terres avaient subsisté grâce au travail inlassable de leurs valeureuses légions. Sous terre, ils avaient toujours nourri le sol. Fouisseurs par excellence, ils remuaient tout ce qu'ils touchaient. Les lombrics disaient qu'ils étaient argile et que l'humus était leur repas préféré. Ainsi, sans interruption, en consommaient-ils des mesures établies sur la base de leurs propres longueurs, c'est à dire plusieurs fois leur poids. Un appétit nécessaire à la vie. Les terres, au fil de leur travail, se transformaient en mamelles de vie. Les arbres, en amies, venaient ensuite chercher ce qui leur était nécessaire pour s'étirer. Si les sols avaient des sourcils, ceux-ci auraient formé une expression sensationnelle. Celle sans doute du plaisir. Comme une évidence, le travail des lombrics leur procurait beaucoup de plaisir. On eût dit un massage électrique accompli pour aérer des couches comprimées, provoquant une jouissance tellurique qui se traduisait régulièrement en subtils gémissements du sol, en les faisant s'ouvrir dès que le soleil serrait de près la terre et devenait irrésistible. Leur fine couche extérieure pouvait ainsi accueillir des rayons de lumière.

La partie la plus haute du sol où ne vivaient pas en permanence les lombrics était l'antichambre des profondeurs et des trésors de l'ombre. La nature généreuse avait été large dans ses dons. Dans son message, le Livre des essences indiquait qu'il s'y trouvait depuis toujours un liquide noirâtre et des pierres qui brillaient comme le soleil. Le liquide noirâtre avait des propriétés particulières. Il servait à maintenir le feu. Depuis toujours, le seul feu connu des lombrics était pourtant celui du cœur de la terre dont la chaleur était ressentie à tout moment. Bien entendu, le feu commun, celui de l'amour, était aussi intime des cœurs et brillait dans tous les foyers. Certes, on avait entendu parler de feux que les montagnes crachaient. L'aigle martial fit une brève présentation des feux Nyragongo et Erta Ale. De son côté, Aso-le-doux fit découvrir le souffle d'un autre feu très puissant. On l'appelait Sakurajima, plus à l'est, s'élevant sur les flancs du soleil premier. Proches ou lointains, les feux avaient leur intérêt et les lombrics n'en doutaient pas.

Le grondement et le frémissement du sol suscitaient d'habitude les cris de joie des lombrics et de leurs alliés de la terre. Le mouvement du sol vivant qui bougeait était communément interprété comme un signe du ciel, un réveil de la vie. Il se disait que le feu dans les entrailles de la terre tuait. Tuait qui ? Le feu brûlait. Brûlerait qui ? Le feu de la terre la réchauffait. Nous en sommes certains. C'est la terre, et elle est notre alliée. Pourquoi s'en inquiéter ? En revanche, le liquide noirâtre était devenu un objet de convoitises sous d'autres cieux. Il n'était ni vie connue ni souffle utile pour un lombric. Il courrait la rumeur que Méandrine, habitée par l'esprit de Calame, s'était associée à des mercenaires. Désormais, elle était prête à tuer pour le posséder, afin d'ébranler la résiliente dont le précieux territoire lui échappait encore.

« Le liquide noirâtre est sous vos pieds », disait le Livre des essences. En fixant les pages vertes, Lombricam ne put s'empêcher de pousser une clameur. Tout s'éclaircissait. Il engagea la conversation avec Milan noir :

– La terre dominée et vaincue par-delà nos frontières, ne serait-il pas plus naturel que nous, et nos terres cousines, nous nous mettions à invoquer le ciel pour qu'il fasse justice à la terre d'amour, en si peu de temps réduite à peau de chagrin?

– En effet, pensons à tout ce que nous risquons de perdre, renchérit Milan noir.

– Soit ! Devons-nous à contrecœur laisser faire le temps ?

– Je dirai plutôt faire mauvaise fortune bon cœur ! Si les choses que nous voyons inspirent la crainte ou la peur, notre monde n'est plus le nôtre. Méandrine peut d'ores et déjà se réjouir d'avoir étendu son règne à nos terres.

Tous percevaient l'émoi qui éparpillait les regards. Des choses si communes devenaient du jour au lendemain des sujets d'inquiétude. Le liquide noirâtre ne contenait pas la mort. Ce que les mercenaires voulaient, c'était le contrôle du feu, par lequel ils pourraient étendre leur domination de mort. Au grand désarroi des présents, tous s'apercevaient, avec un frisson d'épouvante, que les lointains paysages ne pouvaient plus rivaliser avec la beauté de la Lombricie. Or, comme l'établit le Livre des essences, l'un des plus grands et vieux lacs de liquide noir se trouvait sous les terres de l'ombre. Les lombrics pouvaient d'ailleurs témoigner qu'ils en sentaient la désagréable odeur de décomposition lorsqu'ils descendaient un peu plus bas qu'habituellement. Ce lac ne devrait rien avoir d'attirant puisqu'il puait autant ! Lombricam fit vite remarquer que ce que les mercenaires cherchaient, c'était les produits dits de valeur, et non pas la pureté des odeurs. L'ambition n'a pas d'odeur, trancha-t-il.

Le liquide noirâtre est donc abondant, sous les terres de l'ombre. S'il était vrai que le peuple n'en avait jamais mesuré les enjeux, il était en revanche certain que les abominables gangsters qui s'approchaient de plus en plus ne manqueraient pas d'arguments pour attaquer. Si la mort était commandée aux portes, le dépôt le plus inestimable partirait en flammes. De mémoire de lombric, il s'agissait des rameaux de la paix, qu'on verrait détruite, avec les reliques des mémoires attachées aux êtres de chair.

En son exact milieu, le Livre des essences révéla aussi l'existence de pierres dont on faisait commerce pour acheter des âmes. Des transactions sur les âmes ! Des âmes vendues comme du bétail ? C'est ce que le livre avait établi. Depuis la nuit où Méandrine s'était révoltée et avait quitté les lieux, le péril idéologique s'était approché un peu plus près des montagnes.

La lecture des idéogrammes du livre se poursuivit dans une atmosphère de vague contrition. Les souffles étaient à nouveau coupés. En effet, le livre dévoilait que les montagnes et le lit du fleuve regorgeaient de différents minerais. On y trouvait aussi des pierres précieuses. L'un d'entre eux était très brillant, et sa couleur ressemblait à celle des épis qui nourrissaient les valeureux ruminants. Un autre avait l'aspect du ciel et luisait sous la lumière comme la face du Nil. Des minerais étaient verts, sombres et rouges.

Il était légitime de penser que les pierres pouvaient servir à acheter des âmes, des terres, la pauvreté, la liberté, l'honneur, le frottement charnel et sensuel, le charme des lauriers, la dignité, un maquillage pour les terres, des communautés de calames et des souffles, ou des coquillages. À cause d'elles, des disciples vendraient leurs maîtres, des rois devraient se mettre à genoux, des femelles offriraient leurs entrailles, la haine écraserait la misère, des peuples tueraient leurs rois et renverseraient leurs dieux, des nations trahiraient la vie et détruiraient tout espoir de la protéger, le monde brûlerait comme une feuille dans un volcan et les requêtes de l'amour cesseraient d'émouvoir les baïonnettes et les cupides.

Ces trésors étaient là et y avaient été toujours, communs pourtant insignifiants, de mémoire de Lombric. Sourdement, les questions pleuvaient... Comme un pendule, l'aventure pourrait continuer de manière incertaine, et la fatalité, se jouant de la providence, avait encore quelques cartes à tirer. Le destin paraissait irrésolu et inconstant, alors que cette contrée incomparable et paisible découvrait que les extrémités du monde étaient aux mains d'un perfide fou et peu scrupuleux qui lorgnait la beauté des terres. Il envisageait de les conquérir pour obtenir les faveurs du Mal et en atteindre le sommet... ivre de sang...

Chapitre 4
Fissures dans l'ombre

La Lombricie arborait fièrement ses insignes de la démesure. Lorsque vous regardiez cette étendue de paix, du haut des chaînes montagneuses du nord, vous aviez l'impression de voir un territoire en forme de coupe, toujours plus dense, peuplé et épanoui de chaque côté du Nil. Très abondantes, la verdure et la végétation luxuriante offraient à la vue le panorama de la constellation de la Colombe. La brume du matin avait l'aspect d'un linge de soie étendu sur les pages du ciel, protégeant ces espaces magnifiques contre le poison des airs venus d'ailleurs.

Si vous observiez ce territoire à partir du sud, vous auriez eu cette étrange vision d'une table de noces renversée, étroite à son sommet circulaire, large à sa base et qui accueillait les regards et le charme langoureux d'un couple initié depuis peu aux mystères de l'amour sacré. La table, témoignage de l'alliance du ciel, était posée sur le socle d'une pierre multiséculaire. Elle n'était pas de bois, mais d'argile. Depuis toujours, les lombrics jalousaient leurs portions d'argile. Jouant avec une matière si douce, ils pouvaient se donner des formes que leur univers de crème produisait à foison.

L'argile embaumait les sentiers, préservant la santé des lombriciens et de leurs alliés. Leurs mioches avaient toujours su que l'argile stimulait l'esprit du jeu. Tout être, pensait-on sous ces cieux, avait un cœur d'argile, une forme d'argile et un destin semblable à celui d'une œuvre d'art d'argile.

Sur les terrasses du Nil, les herbes agrippées à des sols dociles remuaient les façades endormies. Le pays apprenait à tisser des liens précieux dans les prairies et les plateaux. Tous s'évertuaient à connaître le chant de la vie. La contemplation vous retardait jusqu'au moment où l'esprit était suffisamment imprégné de lumière, et pouvait admettre les histoires épiques dépoussiérées par la mémoire du messager des vents, connu sous le nom d'Aso-le-doux.

Régulièrement, le fidèle intendant des terrasses du ciel amusait les tapis herbeux qui ne se lassaient pas de ses caprices. Sa robe fine et ses formes sveltes faisaient vibrer le cours du Nil, la frondaison des jeunes acacias ou les buissons des grands mimosas. Ceux-ci, moins imposants que Albizia schimperiana et Macaranga kili étaient les plus communs. Les extrémités des herbes se redressaient après chacun de ses passages, comme pour se faire voir d'un bel inconnu, trop beau pour être vrai ou vu de face.

Toujours débordante dans son repli, la joie était le miroir quotidien dans lequel les regards se plongeaient, pour s'apprécier, se visiter, sans qu'il fût nécessaire d'y chercher les rides du passé. Elle rendait les êtres heureux et désirés. Le fleuve était son antique miroir et le vent son étalon. Le vent était à l'ouvrage, par son chant dans les arbres, caressant la terre et ses étoiles argileuses. Incessante, sa course réveillait le pays afin d'en chasser le souffle vicieux des rhumeries de Méandrine. Qui mieux que lui savait les maladies qu'apportait l'haleine impure de cet être plein d'aigreur et de concupiscence ? Afin de les tenir en éveil et pour que nul ici n'oublie cette vérité, Aso-le-doux leur prépara un chuchotis doux et berçant :

Vie pleine dans les cœurs joyeux
Au faîte d'un amour soyeux
Loin des sicaires boiteux
Maîtres des vents disgracieux

Le fumet de mort fait luxueux
Vient toquer aux portes des pieux
Cieux des vases d'amour des aïeux
Gardiens des papyrus fibreux

Ces terres l'élan prodigieux
Des souffles doux et élogieux
Balais d'un beau plateau crémeux
Brûlant d'un feu silencieux

Aux mers brisées par les affreux
Viennent glisser bras valeureux
Pour apaiser les flots noueux
Cédant à la mort des oublieux

Les monts de l'ombre onctueux
Défient les crêtes des vaniteux
Assis sur des cœurs pierreux
Archers des esprits crapuleux

Avec chants d'amour radieux
Viennent nos cœurs soigneux
Sur l'autel d'actes fabuleux
Pour être une terre d'heureux

Calme, beauté et sensualité accompagnaient Aso-le-doux. Profitant d'une voix toujours si inimitable, les grandes oreilles de la contrée étaient dressées pour écouter. Les vastes plaines qui dépassaient l'horizon et le Nil fondaient sous l'émotion. Elles étaient comme jamais assidues à l'École d'Aso-le-doux, ce séducteur bienheureux. Encore une fois, l'art d'écouter le vent et accueillir sa présence variaient dans une indescriptible exaltation. Nul bruit ne sapait cette tranquillité. Ce chant faisait corps avec son cœur. Inscrite comme Erta Ale dans le paysage, la coulée de sons transformait l'éther. C'était aussi sa mémoire, son désir, le souffle de son essence, dans cet écoulement toujours télégraphique ou synchronique de la vie. On ne pouvait sortir le pays de sa toile, car signe que la Lombricie était une colonne de paix, il se mit tout juste à pleuvoir et un arc se dessina dans le ciel. Les peuples du pays savaient que l'alliance entre le ciel, la terre et les eaux était sûre. Aso-le-doux connaissait l'histoire des lieux. Toujours à l'affût des conversations de l'ombre, il venait souvent rappeler par ses paroles des faits passés à la postérité.

Quand Méandrine s'était révoltée, Aso-le-doux fut l'un des tout premiers à capter la nouvelle. Recueillant avec soin l'information, il la porta à l'Autel des mémoires pour la consigner, puis alla voir les Gardiens pour parer au danger. En ce temps-là, désarçonnés par cette terrible nouvelle, les peuples trouvèrent un puissant réconfort dans l'union de la cité. Tous les habitants du pays sortirent et se recueillirent face au ciel. Ils conclurent que les élans du mal n'avaient pas été discernés de manière appropriée, car Méandrine - être venu des mers chaudes et accueilli ici - avait malheureusement chuté. Comme absolution du passé, les peuples avaient décidé de faire expiation. Ils se jurèrent fidélité en buvant une nouvelle fois à la coupe des essences.

Fort encouragés par leur serment, les lombriciens - dont mission était de régénérer la terre - se mirent à travailler davantage, afin d'élargir, si nécessaire, les terres de l'ombre. Dorénavant, par ce travail, elles doublèrent en surface, s'étendant du sud du Nil au nord des rives Congo. Aussi travailleuses soient-elles, ces coiffeuses de la terre n'en étaient pas moins les plus nobles esthètes. Tenez, ce monticule près de l'oléa de la forêt noire, le sillon turriculé qui donnait une forme irrégulière aux tentes proches du marais, et les boues crachées par le ventre des rapides après la pluie. Les lombrics feront de vous leur affaire. Généreuses et intensément insatiables, elles donnaient à leur support une forme toujours nouvelle.

L'agencement des terres avait été possible parce que les lombrics ne vivaient jamais seuls. Un lombric, c'était une famille, un clan, un monde et un univers. Assidus dans leurs opérations et jamais vraiment solitaires, ils savaient mieux que quiconque qu'il fallait agir pour atteindre sa cible. Ils avaient pris leur place dans ce monde pour révéler la beauté des essences. Entretenant les usages des chevaliers fidèles à l'objet de leur dévotion, en tout ouvrage, les lombrics et leurs alliés laissaient toujours une partie d'eux-mêmes pour construire, les uns avec les autres, un projet presque continuellement amélioré. L'acharnement aux pieds de terre était pour eux bonne conseillère, et pour le moins, un régime de santé, mais l'amitié et la solidarité, conformes aux agréments de la perfection, valaient nettement mieux. Les lombrics l'avaient compris et le démontraient.

Époustouflant par l'honorable construction de ses palais, les ouvriers de l'ombre complétaient cette table universelle qui se formait par la sédimentation de ce vaste territoire. Rapidement conquis par les peuples qui l'aimaient, il était suffisamment spacieux pour entretenir l'enthousiasme de tous ou assurer le maintien des familles. Pendant longtemps, ce fut le cas. Pendant longtemps, les naissances et l'hospitalité avaient été un facteur de régénération et de résilience du lombricien et de ses alliés. Pendant longtemps, l'argile des pyramides de la paix eut le goût de l'humeur antique du Nil, authentique toutefois en ce qu'il appartenait aux communs du pays. Les termites, précédés des lombrics, avaient offert aux rives leurs premières pyramides de terre. Toutefois, les pyramides, produits des familles des lombrics et des termites, n'étaient pas que des symboles des terres. Elles étaient aussi un esprit, matrice de l'esprit lombricien, esprit constructeur et vaillant, sacrifice et don de soi. Un don, de même, des entrailles des terres à leur écorce. Un lien, une alliance entre le ciel et ses sujets d'argile, un promontoire pour mieux contempler les charmes du Nil et des plaines bleues.

La splendeur organique avait un symbole. Il était ici, formant un berceau des âges et sédimentant les couches successives qui se déployaient à proximité du Nil. Ce berceau transcendait les espèces. Il n'était pas vide parce qu'il avait eu beaucoup d'enfants, tous grands et forts, éparpillés dans les strates qui épousaient ces terres et celles d'ailleurs. Ses enfants, vous les trouverez fourmillant dans les contrées du soleil levant. Le berceau avait engendré les âmes les plus stoïques que vous connaissiez. L'esprit lombricien avait rendu les lombrics du levant si forts que le soleil y effectuait chaque matin son premier séjour pour honorer ses bâtisseurs du matin. Un peu plus à l'ouest, au nord et au sud de l'Himalaya, celui-ci s'était moulé dans des corps au point de leur donner, dit-on, une beauté et une intelligence semblables à celles des héros et héroïnes de chair dont on parle dans le Livre des essences. Dans le golf d'orient, l'esprit lombricien avait été beaucoup sublimé. Les lombrics de ce lieu étaient devenus des maîtres, des êtres profondément tournés vers les montagnes éternelles, acharnés et toujours en quête des trésors cachés du ciel. Sur les rives nord de la méditerranée - coïncidence bizarre - ils sont maintenant rendus semblables à ceux de Lombricie. Leur vivacité en avait fait des architectes de pyramides plus récentes, aux formes aussi épurées que les pyramides du Nil.

Pour finir ce tour d'horizon, très loin derrière nos côtes de paix, se trouvaient nos cousins, protecteurs des terres Garde-manger, et commissaires de l'ordre vert, êtres les plus attachants et tranquilles que la terre n'en connaîtra point de semblable. Grâce à leur cœur de paix, les terres restaient en équilibre à l'autre extrémité du monde.

L'histoire des lombriciens était celle d'une vie exprimée à travers ses nuances et ses degrés. Si les lombrics paraissaient si sobres dans la nature, c'était parce qu'ils affectaient la discrétion. Ils consommaient la lumière des terres quand celle-ci était absorbée. Ces grands ouvriers s'employaient à préserver la qualité des essences de la nature, de concert avec elle-même, c'est à dire avec toute autre impulsion qui en acquérait l'énergie pour la restituer. À ce titre, ce n'était ni les groupuscules de charognards indolents ni les hordes de rapaces séniles qui excellaient. Les différentes espèces avaient chacune leur spécialité. De fait, les lombrics faisaient partie de l'élite des familles sacrées et la garde des éveillés. Ils savaient mieux que quiconque que le meilleur d'une collectivité n'était pas inhérent à sa représentation, mais devait plutôt être recherché dans son essence. Aussi différent soit-il, chacun était, à un certain degré, l'étoile de son peuple.

Le lombric aimait bien prendre son temps. Ayant pour unique but de mesurer la vitesse et la force, les courses à la clarté de la lune, dont raffolaient les muridés, devenaient ainsi purement ridicules. Les lombrics avaient élu domicile sous terre pour mieux confondre les esprits envieux, serviles et amers. Sous les racines, il n'y avait pas lieu de faire des comparaisons. Aucun dénouement funeste ne pouvait entacher la fin d'une course de lombric. En toute saison, les expéditions de drainage qui les mobilisaient étaient organisées pour ramollir la texture du sol.

Pendant longtemps, avait-on dit, le ciel couchait avec la terre, la paix était la nourriture de tous et il appartenait à chacun de se servir et de vivre. Et chacun se servait selon ses propres coutumes. La terre était nourricière, serviable et entreprenante. Elle soutenait les pas et offrait un refuge pour tous.

Lombricam et Aso-le-doux avançaient tout doucement vers le fleuve. En s'approchant de ce miroir pur et brillant, ils essayaient maintenant de rappeler le souvenir de la fracture qui avait obliqué un univers si onirique vers la vallée de l'ombre et des ténèbres. Dans les mémoires qui l'avaient vécu, le départ de Méandrine - l'être aux mille bouches - restait vif, et toujours aussi désagréable.

Lombricam se souvenait qu'à une certaine époque, Méandrine avait établi sa demeure sur les bords du Nil. Elle était venue de très loin et ne pouvait vivre ailleurs que là, près de l'eau. Les terres lui avaient permis de s'installer et de faire son activité. Très tôt, Méandrine s'était fait de nouveaux amis. Pensez à Acacia et cobra noir, le brave travailleur de la contrée. Il transportait habituellement sur son dos les petits rongeurs et les autres lombrics qui faisaient appel à ses services. Cobra noir, créature d'une gentillesse maternelle, était le seul qui pouvait avec suffisamment de détails vous parler de cette périlleuse amitié. Toutefois, il s'y refusait obstinément, car Méandrine lui avait laissé des marques de mort. Lombricam, en griot de service, imite ici ses sons si particuliers :

Dès le matin je me suis extasié
De découvrir nouvelle amitié
Méandrine candide et enjouée
Porta vers moi sa destinée

Près du fleuve et des terriers
Nous jouâmes aux associés
Marchant vers l'éternité
Témoin des fiers alliés

Les terres veulent copier
Un don de si grande qualité
Puisant au Rocher de bonté
Copié et jamais égalé

Là langue fut toute déliée
Et les interdits signifiés
La vérité à chaque côté
Et le verbe une moitié

Une moitié ici là en entier
Un verbe sur cœur supplicié
Pesant et perdant toute clarté
Repoussé par l'inimitié

Un soir de grande obscurité
Le mensonge fardé et vicié
Emploie ses charmes damnés
Pour abuser de ma piété

Le sifflement de cobra noir reproduit par Lombricam était génial ! Sifflement de douleur, de trahison et de déception. L'obscurité s'installait en plein jour quand il vous parlait de ce que Méandrine avait fait. Vous lui auriez apporté toute votre sympathie qu'il courrait quand même se jeter dans le fleuve, chassé par les vents du dépit. Cependant, après maintes dévotions, il finit par trouver sa quiétude devant l'Autel des mémoires et son antre si paisible.

À l'origine, Méandrine avait été pour le peuple l'éponge innocente vers laquelle tous portèrent leur attention. Ses multiples bouches à nourrir avaient été accueillies, présentées et intégrées à la fraternité. Personne ne suspecta Méandrine de quoi que ce soit de mauvais quand elle propagea que ses bouches étaient des alvéoles inoffensives qui exigeaient des soins spécifiques. L'argument établi, elle requit l'aide de tous afin d'échapper au sort des tissus scléreux.

Les bouches de Méandrine étaient un spectacle de curiosité. De ces bouches en effet, ne jaillissaient pas la vérité, mais la perplexité. Toutes les bouches de Méandrine

44

parlaient vite et en même temps. Autant dire que le manque d'attention pouvait conduire à ne pas saisir son message. Cet être si ombrageux aimait le mot obscur et le verbe complexe. Sa couleur de rouille était source de confusion.

Méandrine avait été d'une compagnie débordante. Les histoires à faire rire, elle en connaissait tellement que la nuit des coraux ne pouvait en remplir les coupes liquoreuses. Elles étaient semblables à des ruelles étroites fermées et formées en labyrinthe pour vous égarer. Si vous la fixiez pendant un long moment, vous auriez eu une impression de profondeur torturée noircissant ses désirs refoulés. Ses mots avaient l'air de contourner naturellement ses véritables pensées et de leur être étrangers. Un liquide désagréable sortait de la couche spongieuse de ses méandres sur le sol au contact des eaux boueuses. Le risque de glisser était réel à l'approche de l'eau. Toutefois, rien ne parut alerter le moindre du peuple de l'ombre qui avait reçu don pour discerner l'amère saveur du mal. Quand il fut nécessaire de goûter à l'argile touché par cet être chargé d'infections, des qualités spéciales étaient demandées. Vous pouviez comprendre Lombricam. Selon que le sujet était très infecté et irradié par le mal, présent dans les organes en grande quantité, le poison faisait plus vite ses effets et les lombrics le révélaient. Ils éprouvaient, à cette occasion, de la difficulté à digérer l'argile ou le sable qui le composait. S'il contenait le poison du mal, le lombric ne mourrait pas, mais pouvait souffrir d'incontinence et de nausées.

Cette sensation de difficulté, Lombricam l'avait ressentie quand il essaya de faire le test. Le mal étant inexistant ici, le goût s'était altéré au fil du temps, à mesure que l'exercice perdit son utilité et devint irrégulier. Le paradis, pensait-on en Lombricie, ne tenait pas de moments de causette sur de tels sujets. Qu'à cela ne tienne ! Les lombrics restaient toujours vigilants.

L'histoire de l'infection de Méandrine vous surprendrait. Une fois, au clair de lune, Méandrine reçut la visite d'un platode des eaux chaudes. Elle était si heureuse qu'elle décida de faire coucher le visiteur dans ses méandres. Après l'échange des civilités, le visiteur proposa à méandrine de lui donner la portion du contenu de son estomac qui contenait de la litière mielleuse. Gourmande, Méandrine accepta. L'étranger était sournois. Au moment opportun, il régurgita le contenu de son estomac. Méandrine l'aspira par la suite dans son abdomen. Les ténèbres occupèrent dès lors les méandres.

L'étranger était vraisemblablement une parfaite copie d'un lombric, un être du mal savamment grimé. Dès cet instant, Méandrine changea d'humeur. Ses pensées, et même son appétit, furent décuplés. Étrange ! Dorénavant, Méandrine voyait les lombrics comme des proies. Cobra noir, son ami de toujours, qui veillait à ce que Méandrine ne manque de rien, détecta ce changement subit. Les méandres étaient devenus pâles. Méandrine n'était plus capable de s'approcher de l'Autel des mémoires, car son cœur lui parut si lourd qu'elle s'imaginait chargée d'un poids étranger.

Les soirs, méandrine se mit à attaquer les lombrics et à les avaler. Elle fut pris sur le fait et nia tout. Cobra noir et Lombricam se résolurent à en parler à Aso-le-doux. Ce dernier rapporta la nouvelle aux Gardiens qui mirent fin au séjour de Méandrine sur les terres de l'ombre. Hors des terres de l'ombre, Méandrine rejoignit les hordes de Gourmandise et prit la tête de ses mercenaires.

Elle connaissait bien ces terres, ses entrées, ses sorties, son peuple et ses projets. Elle avait entendu beaucoup de secrets et participé à tant de conciliabules. Avant d'être découverte, Méandrine avait conçu des stratagèmes pour capturer des lombrics. Plusieurs y avaient perdu des membres de leurs familles. Sitôt qu'elle eut rejoint les terres de Gourmandise, Méandrine put mettre à exécution ses plus sombres desseins. Remplie désormais de haine et de l'infâme colère du Mal, la nouvelle Méandrine jura de perturber la vie en Lombricie. Aussi longtemps qu'elle acceptait la présence du Mal et refusait d'éconduire l'être malveillant qui le sublimait, la terre était vouée à la confrontation.

Le ciel sur la tête de Méandrine n'était plus le même quoiqu'il présentât un aspect entièrement semblable. Une envie de dévorer tout ce qui pût l'être s'était emparée d'elle. Quand elle reposait sur les rochers, son allure nonchalante devint si évidente qu'on l'attribua à son double. Elle poussa la folie jusqu'à concevoir un plan d'attaque après avoir massacré plusieurs familles de Lombrics. On comprit que le livre des essences devait encore parler des choses cachées pour éclairer la Lombricie sur l'avenir.

Chapitre 5
Les beautés de l'ombre

Les oiseaux volaient dans le ciel. Les nuages allaient et venaient sur les hauteurs de cette vaste étendue. Quelques fois, Ils paraissaient hésiter, puis repartaient nonchalamment, après avoir marqué un arrêt, en ne laissant pas de trace de leur passage. Les nuages étaient silencieux et les jours d'orage lointains. Leurs grands battants de gaz s'ouvraient et se refermaient avec une irrégularité incompréhensible. Si fidèles au ciel, ils semblaient en être les réservoirs. Leur souffle de glace pesait au-dessus des têtes et des pics montagneux. Beaucoup d'air circulait toujours sous leur voile de vapeur et recouvrait parfois les collines de leurs silhouettes fines. Le silence nocturne ne les intimidait pas, et les vents, ogives de bienvaillance dans les nues, poussaient si délicatement leurs coupes d'eau pleines.

Il se mit à pleuvoir. Les terres de l'ombre étaient arrosées. Les herbes et les arbres accueillirent ces cordes avec des acclamations. La pluie produisait un son si particulier, distinct et profond. Les palétuviers, les bananiers, l'hibiscus et les batraciens s'inclinaient et chantaient. Les frondaisons des grands arbres participaient à la majesté du ciel et substituaient au silence solennel des lieux une bruyante reconnaissance. Les crevasses causées par la pluie étaient gorgées d'eau. Les lombrics venaient alors se mouiller et créer de nouveaux escaliers. Ils organisaient des rondes festives pour dérouler leurs corps de chair molle. Ils exécutaient des danses de la pluie. Insolites, dira-t-on. À la vérité, les lombrics étaient capables de se remuer sur l'herbe comme sur le rocher, de se traîner et de s'enrouler sur eux-mêmes afin de balayer l'air d'un mouvement reptilien.

Ensemble, ils figeaient les lourdes queues de lierres qui s'attachaient aux immenses écorces de la forêt. « Vives eaux, pluie douce », entendait-on ici, chantait-on par là !

La pluie engageait ce monde dans un rituel d'unité et de dévotion. Les lombrics et leurs alliés se dévouaient à la vie, genèse de leur histoire et prémices de leurs êtres. De même, l'unité se construisait dans l'accouplement de tous en tout, par l'union dans la vie, la synthèse en soi de son essence immuable. Les lombrics croyaient que leur vie ne pouvait être altérée et corrompue. Elle était tout, pleine et complète, et rien ne semblait pouvoir lui donner une autre figure que ce qu'elle avait toujours été. Source de transfiguration des corps, la vie s'élançait joyeuse aux quatre coins de ce pays. Les corps se transformaient extérieurement, sous un rayonnement constant d'énergies célestes et de transports d'allégresse. Elle produisait santé et unité, adoucissait la terre et en rehaussait la beauté. De magnifiques tapisseries vertes, préparées au rythme d'une harmonie providentielle, ornaient ce décor à ciel ouvert. Il n'y avait rien véritablement à convoiter puisque tout était à tous. Rien de précieux n'était une propriété de dignités ou lignées. Tous étaient en phase et semblaient être à leur place. L'ordre parfaitement irrégulier des galeries boisées convenait aux âmes en quête de sérénité et de liberté.

« Pluie, pluie ! », disaient en cœur les habitants des lieux. Les paysages de la joie s'agitaient, au son du claquement des gouttes, tombant sur les sols imprégnés. Les chants et les danses de la pluie bousculaient la discrétion si ordinaire du pays. Un sourire ineffable s'imprimait - telle une gloire - sur les visages. Un ronronnement se mit à monter crescendo, mêlant, en une belle matinée, le murmure des goulots et celui de la terre :

Terres des plus belles ascensions
Nos âmes célèbrent tes portions
Liées pour faire tendre attraction
Vers le ciel ivre d'attention

Terres des incroyables clairons
La vie explore tes lourds cocons
Semence éternelle de tout don
Déployant ici ses grands rayons

Terres des fantastiques saisons
Les lèvres louent tes buissons
Plantés pour bénir la région
Et attendrir sa population

Terres des belles âmes en union
Les pieds dansent sous l'onction
Coulant à l'auge de ta raison
Gouttière de nos intimes frissons

Terres des grandes visions
Les forêts entendent ta passion
Les lombrics à ta dévotion
Se plaisent à ton impulsion

Terres des grandes célébrations
Ton rire épaissit ses monts
Au soleil des acclamations
Avançant ses lames en éperon

Le chant doux du pays tranchait avec le calme des nuages au-dessus des terres. Beauté et gratitude se conjuguaient dans un délire inexprimable. La pluie tombait, éclatait, le ciel pleurait de joie… Cette journée s'étirait, longue comme un soir d'automne, laissant apprécier la paix que communiquaient les cordes d'eau, basses et fines, parfaits témoins qui soient, de la générosité de la nature. On pouvait observer cette escalade de certitudes, une désescalade du doute, les changements de lumières insaisissables qui s'abattaient sur l'ubac de la colline surplombant le versant nord du foyer central. Les rayons de soleil - toujours aussi énergétiques - produisaient un éclat doré aux flancs lézardés par les ombres des sculptures pierreuses. Une chaîne de montagnes ceinturait cette contrée virile et prolifique pour en protéger le noyau.

Les oiseaux avaient cessé de voler pour chanter. Admirables courtisans du ciel, ils fondaient chants et cris dans ce flot d'ondes exaltées. Les lombrics se défoulaient, surgissaient de partout, pour tapisser de leurs aiguilles de chair les palais de verdure, subjugués et recouverts d'eaux. Jusqu'au soir, le spectacle continua. Les immenses territoires se dévêtaient et laissaient voir - de l'ombre à la lumière - cette nudité d'une magnificence inimaginable. Les sols battus par la pluie criaient plus que jamais, portés aux nues par le frémissement des branches et l'apaisement des racines.

Au bout du chemin, le repos était total. Les portes du foyer central barraient la vue. De forme ovale, à l'intersection des montagnes et du fleuve, s'étendait le lieu du rassemblement. Pour y arriver, il fallait suivre ce long chemin à travers la broussaille, saluer le grand iroko, et si nécessaire, goûter à la cuisine d'abeille. Les portes du foyer central étaient faites de feuilles. Elles ne pouvaient se fermer entièrement, car le mécanisme conçu permettait à la porte de couvrir de lauriers ceux qui s'avançaient vers l'intérieur. Ce qui ressemblait à un hallier apparut sous la lumière. Reposant et rassemblés sur les branches tutélaires, de multiples bandes d'oiseaux donnaient aux portes un revêtement de plumes colorées. Jaunes, lisses ou tubulaires, les plumes couvraient les arbres et les assombrissaient. Les fines ciselures des becs d'oiseaux étaient préparées pour un moment comme celui-ci. Les lianes débordaient de part et d'autre des arbres qui en gardaient l'entrée. Le chemin qui descendait plus bas vers la partie inférieure du foyer était creux.

On pouvait apprécier les courbes douces du chemin qui descendait quand on s'approchait des rives du fleuve. L'érosion opérée sur plusieurs saisons avait transformé les accotements en palissades de fortune. Toutefois, aucun danger n'était à craindre, car les grandes herbes se préparaient toujours à accueillir les maladroits. Lorsque la nuit approchait, de nombreux oiseaux venaient se recueillir. Les nuits claires rendaient les âmes encore plus chastes, quand elles étaient à l'arrêt, vidées de tout ouvrage et de toute activité. Les oiseaux pouvaient sauter, marcher ou s'assoupir. Rendus maîtres des cimes des arbres, les oiseaux se disposaient en familles alors pour se trémousser ou se défouler. Régulièrement, des chants montaient de la cime des arbres pour remuer le ciel bleu.

Le foyer central ne servait pas seulement au repos de quelques familles d'oiseaux. Lorsque le peuple de l'ombre voulait préparer ses expéditions vers les quatre vents - pour élargir les terres - les lombrics, en premier, se retrouvaient et regroupaient leurs familles pour les missionner. Ils venaient aussi pour se diviser, beaucoup plus vite qu'ils ne le faisaient sous terre, de manière à rendre leur nombre considérable et leurs armées innombrables. Leur mission était d'étendre les terres, les reconstituer, les drainer et les aérer. Qu'ils soient de terre ou sous terre, les lombrics et les oiseaux du ciel avaient la lourde tâche de coordonner le développement des sols. Quand la terre était pauvre, les oiseaux en faisaient part aux lombrics qui en corrigeaient les insuffisances.

Allant de l'est vers l'ouest, puis du nord au sud, l'aigle martial, dont le plumage était aussi éclatant que le filet du jour, surveillait les intrusions des indésirables. Les tâches étaient distribuées, et le peuple de l'ombre satisfait. En saison de pluie, les terres noircissaient davantage, fonçaient et sentaient l'essence vierge. Du côté des lombrics, la pluie était quelque chose de spécial. On eût dit les larmes du ciel, ou plus exactement des larmes de joie. À tous, les lombrics disaient : « Le ciel est descendu vers nous, pour remplir nos terres, qui sans lui, seraient amères ». Pour un lombric, la terre avait bon goût, la terre était une nourriture, une mamelle. Il en est de même des peuples de ces terres. Si incroyable que fût la relation entre le ciel et la terre, on pouvait sans cesse admirer la croissance des populations des airs, et à travers les éclosions, un renouvellement des générations de la terre.

Entre les lombrics et les oiseaux, la coopération fut la plus extrême. Certains lombrics vieillissants acceptaient d'élire domicile dans l'estomac de leurs voisins. Ils espéraient ainsi le mélange de leurs essences en nourrissant leur humus. À leur mort, ils pouvaient le bonifier lorsqu'ils associaient les essences pures. Témoignage des plus grands égards qu'ils se portaient les uns envers les autres, les lombrics et leurs alliés s'échangeaient aussi des secrets. Ils en tiraient le bénéfice quand il s'agissait de partager les provisions dont les terres gardaient les réserves.

Un jour d'été - en grand commensale des belles plumes - Lombrimet partageait son repas avec l'aigle. Il lui demanda :
 — Sais-tu que nous connaissons la plupart des secrets de tous les habitants de ces terres ?
 — Si tu m'en dis davantage, je serai situé, répondit l'aigle.
 — Quand les animaux parlent, ruminent, courent, boivent, et même ronflent, nous le savons.
 — Ah bon ! sursauta l'aigle.
 — La terre est très sensible et fine. Les sons deviennent des échos sous terre. Les lombrics ont la terre au cœur. Et rien de ce qui sonne nous est étranger. Quand un animal

meurt aussi, et que nous goûtons à sa mémoire, ses secrets les plus intimes nous sont révélés.

— Vous savez donc tout ! grimaça l'aigle.

— Pas tout, mais beaucoup, renchérit Lombrimet. Cependant, la protection stricte du secret est l'une des règles de notre groupe et il nous appartient de respecter cette vertu de la terre. Si nous en connaissons les secrets, c'est parce que nous savons en déchiffrer l'acoustique.

— Si nous voulons nous perpétuer dans la coulée de ce monde, il reste à vous faire entièrement confiance puisque nous nous devons à votre espèce, vase des essences de terre. La vie se montre assurée, maintenant et à jamais, soutint l'aigle.

— Ensuite, lorsque nous avons récolté la moelle de vos souvenirs, on me la confie. Je la transmets dans les meilleurs délais à l'Autel des mémoires, assura Lombrimet.

— Tu sais, on pensait que le ciel était un tableau blanc où aucune main ne pouvait écrire et que la terre était si lourde qu'elle ne pouvait être transpercée par des sons. J'en apprends beaucoup et je constate, dit l'aigle d'un air ravi, que dans notre univers, rien d'essentiel ou d'authentique ne se perd.

Cet échange de baobab venait de dévoiler des mystères. L'aigle martial paraissait interloqué, sinon captivé. « Quelle agréable surprise ! » se dit-il. « Mes aïeux coulent aux vents, restant toujours vivants, sous l'Autel, où s'épanouit leur essence, dans la vie en élévation parfaitement radieuse », se contenta-t-il de souligner. Le voile épais qui couvrait le soir tomba, d'un coup sec. On ne pouvait plus se cacher la face. Nos mémoires, parties les plus secrètes de nos âmes, ne périssaient pas avec nos chairs.

— Comprends aussi qu'il en est de même des sentiments les plus purs et les plus profonds. Ils ne meurent jamais, ne s'érodent pas, ne disparaissent pas. Mon Dieu ! Oui, il s'agit d'une vie aussi profonde que le fond des océans.

54

– Nous aimons l'océan autant que le ciel ! dit l'aigle avec ironie.

– Rien ne disparaîtra vraiment ! La portion des êtres qui aiment subsiste aussi longtemps que les cœurs d'amour. Si nous aimons tant, c'est afin de prolonger l'amour et l'espérance aussi longtemps que possible ! s'exclama Lombrimet.

– C'est pourquoi, nos âmes sont pures et nos cœurs si ouverts.

– Le parallèle peut s'étendre aussi aux sources et essences qui cristallisent le mal. Pour nous, le mal n'a point de cause, et il est inutile de lui en donner. Faire prospérer le mal, c'est anéantir la vie, la corrompre, la détruire, murmura Lombrimet. Le mal persiste comme une tâche de henné dans une robe de soie blanche.

C'était une grande marée de lumière et de désenchantement qui déferlait sous l'arbre. Parlant de mal, les amis n'étaient pas face à une éventualité tout à fait inconnue, mais un avertissement, solennel, peut-être cruel. Tous comprirent que le mal n'épargnait personne. Qu'il était aussi vicieux que le néant. Le comprendre n'avait rien de simple, le percer l'était encore moins. Heureusement, comme il se disait ici, le cœur est une source qui guérit le mal, quand il s'élève dans l'amour et la vie.

Lombrimet parut réprimer un geste de contrariété, puis affirma :

– Nous ne cherchons pas à sonder le mal, mais à être des lombrics du feu sacré. Ce feu, c'est notre essence qui ne se distingue guère de la lumière. C'est la vie en nous qui combat le mal, lui résiste, en triomphe. Quand nous aimons la vie, notre feu sacré, nous devenons si forts, et la terre s'enrichit en nous. Il ne nous est pas donné de vouloir l'obscurcir, mais d'en être l'alliée, le vase porteur. Le crois-tu ?

– Oui. Si telle est la condition du peuple de l'ombre, il appartient alors au lombric de faire son travail, et notre travail est de vivre, répondit fort sagement l'aigle.

Tant de distorsions semblaient ressortir du reflet des essences et des facettes de la vie. Le tragique des essences écartelées - cette hésitation si extraordinaire entre la lumière et les ténèbres - repoussait la réalité pour éprouver le néant, élevant alors l'esprit lombricien au-dessus de toute obscurité :

– Le lombric vit dans les entrailles de la terre, vivant toujours de la terre qui nourrit l'autre.

– On peut le voir comme ça, en toute vérité, reconnut l'aigle.

– L'esprit lombricien connaît la terre. Quand tu demandes au lombric : qui es-tu ? Il te répond alors par une question : qui suis-je ? Je suis celui qui mange la terre qui te nourrit ; je suis celui qui te nourrit, ou par lequel la vie vient à toi, car nous donnons pour être, assura Lombrimet.

Il esquissa de la tête un geste bon et gai. Tranquille dans son for intérieur et de toute sa volonté, il s'arc-bouta aux racines débordantes d'un arbre, puis ajouta :

– Nous ne sommes pas tous des lombrics, mais tous peuvent avoir notre foi, notre esprit d'excellence et d'humilité. Excellence parce que nous construisons pour cristalliser la diversité et l'altérité. L'autre est le dessein primitif de notre action, l'horizon radical de sa détermination. Nous croyons aux vérités les plus profondes et les plus pures, celles qui jaillissent des sources insondables de la vie pure, pourvoyeuse des prémisses du bien. Cela n'est pas de la nature d'un rituel ou de la matière ; il s'agit, bien au contraire, d'une exaltation existentielle de la vie et de l'altérité se manifestant ici ou ailleurs.

– J'en conviens, il n'est pas donné à tous d'être un lombric, mais d'être des disciples à leur école, confirma

56

l'aigle. Lorsqu'on nous regarde, créatures majestueuses du ciel, certains pensent qu'il nous appartient de dominer le monde et de le posséder. La force pourtant qui est en nous n'est pas une serre de domination et encore moins un vice prédisposant à l'orgueil. À la vérité, nous apportons si peu à ces terres.... Une mesure d'aigle, dirai-je, comme on parlerait d'une mesure de lombric. D'ailleurs, nous nous devons à vous. Je m'incline, très cher !

– Entièrement différents, entièrement parfaits ! Toute nécessité nous permet de mettre notre amour au comble pour nos générations. Nous devons à tous de donner pour donner un sens à la vérité, celle qui fonde le lien de notre unité. Si nous lombrics le démontrons si bien, c'est parce que nous sommes faibles de nature, mais grands par notre constitution. Nous pouvons guérir un corps malade en préparant une terre appropriée, mélangée à quelques lombrics d'eau de pluie ou du fleuve. Le corps se trouve vite réchauffé. Pour nous, il ne s'agit pas d'avoir les bras les plus longs, mais de savoir agréger les minuscules et multitudes de cellules qui composent cette existence fragile et accidentée.

– Si certains avancent qu'ils ne sont pas des lombrics et donc des médiateurs de la terre, cela ne parait pas déraisonnable, car votre avantage est irrattrapable, confia l'aigle. J'en conviens, toutefois, plusieurs alliés pourraient en faire trop, au point de se mettre eux-mêmes en danger. Si tous devenaient des lombrics, la nature elle-même pâlirait et vous perdrez le bénéfice de l'exclusivité. En voulant faire ce que leur être ne leur laisserait pas d'être, ils détourneraient ainsi le lit du fleuve de vie qui traverse leur existence de chair.

– Une vie de lombric, un esprit lombricien, c'est ça la pure vérité ! Le lombric est le souffle de terre qui reçoit primitivement une coupe de toute essence qui vient ou suit son chemin dans la vie, conclut sur la fin Lombrimet.

Cette conversation resterait gravée indéfiniment dans les mémoires des deux amis. Ils se comprenaient si bien, sur la terre qui avait vu naître et grandir des êtres si différents, mais dont le cœur était chargé de la même façon, du même fardeau, des mêmes sollicitudes pour la beauté primitive. Le moment était favorable pour se rappeler encore ce que disait le livre des essences : « tout être est poussière et retournera à la poussière. Et là, tous deviendront vers ». La vie s'achève donc, à l'état de ver, et commence avec elle, lorsque les lombrics purifient la terre et lui donnent ou redonnent tout son éclat. La terre est belle, oui, parce que les lombrics en sont les messagers, les médiateurs intrépides.

Les terres de l'ombre étaient porteuses de vie. Il fallait les entretenir. L'aigle aurait voulu s'élever dans une essence nouvelle, se dépouiller de son plumage, courir sous terre. Ses plumes et ses puissantes serres lui montraient plutôt le ciel, pour qu'il en soit l'un des médiateurs. On pouvait contempler ce ciel et cette terre complices qui avaient distribué les rôles si habilement. La vie beaucoup trop accommodante du bord du Nil avait planté ce décor d'une grande qualité, en parfait équilibre et raffiné. Ceux qui connaissaient leur place y marchaient avec sagesse et moins à tâtons. Dans chaque vestibule de la forêt et de la savane, les ardeurs étaient saines.

La lanterne céleste se couchait. Le regard perçant de l'aigle en disait long sur son humilité. Il était, certes, le dominateur des airs, mais il venait de comprendre que ciel et terres avaient établi en ces lieux des médiateurs pour faire fortune de l'alliance dont tous se savaient les sujets. Les lombrics n'avaient pas à aller chercher ailleurs ce que la vie leur donnait si amplement ici. Leur esprit, il l'avait eu toujours. Ce n'était pas une construction du temps. Il s'agissait tout simplement d'une vie qui se développait librement dans des êtres féconds et faibles, mais agiles. Fragiles, pouvait-on penser, mais aucunement stériles. Ou encore frêles et énergiques, sensibles et glorieux. L'aigle, grand oiseau d'or, se mit à pousser un cri pour célébrer cette beauté dont la nature épousait les charmes avec tant de délicatesse :

Le ciel aux aigles majestueux
Vire vers ses alliés impétueux
Planant aux coins tumultueux
Rieurs au son des vents chanceux

Lombrics nos amis généreux
Le ciel vous croit industrieux
Glorieux sur les sols herbeux
Brillants au soleil lumineux

Chapitre 6
Une ombre sur l'ombre

La cinquième cloche de l'année venait de sonner. Les jours étaient de plus en plus longs. Les oiseaux se bousculaient dans les airs plus chauds que d'habitude. Le pays était vert, très vert. Les arbres discrets pendant l'harmattan étaient plus peuplés en ces jours d'été. Dans le pays des ombres, les arbres supportaient les diverses espèces du ciel et de la terre venues leur rendre visite. Libres et heureuses, celles-ci profitaient de chaque rayon de soleil qui s'infiltrait jusqu'aux pieds des écorces muettes. Les oiseaux y avaient leurs nids, mais ce ne fut pas sans plaisir qu'ils partageaient les cimes, sous le soleil de midi, avec les incorrigibles rongeurs. Pour en apprécier les vastes étendues, un ramassis d'écureuils reposait sur la branche la plus haute. De là, on pouvait voir les herbes qui couvraient la plaine. Ces funambules se balançaient sur les sarments qui s'inclinaient et se redressaient à intervalles inconstants.

Quelques fois, on entendait le rugissement de lion qui venait boire au fleuve. À qui l'observait, sa grande crinière royale donnait cette impression de passion, de lien invisible avec l'âme de cette terre. Autour de cet être, les énergies irrésistibles qui se déployaient avec tant de grâce et de majesté vous enveloppaient d'admiration. Les foulées des pattes puissantes de cette ombre redoutée repoussaient la poussière sous une volonté formidable et gracieuse. Si nous ne fûmes pas des terres de l'ombre, nous aurions dit que cet être qui semblait invulnérable était l'incarnation du péril même. Cependant, son calme amusait, tant il était sincère et communicatif. Le pays était fier d'avoir des spécimens d'une si grande force.

Le barrissement des éléphants se faisait entendre, à quelques encablures de là. En troupes, ils distribuaient leurs masses démentielles sur ces bords du fleuve joyeux de recevoir leur compagnie jamais encombrante. L'approche des éléphants était en elle-même un spectacle, un concert bruyant et amusant qui ne laissait personne indifférent. Les éléphants étaient des animaux presque toujours hilares. Bouches grandes ouvertes, en annonçant leur passage, ils avaient l'air de taquiner les arbustes. Ensuite, ils se faisaient une collection des fruits d'arbres qu'ils dépouillaient si élégamment. Enfin, ils venaient, une fois bien rassasiés, se frotter contre terre pour se décharger du fin manteau de chaleur qui couvrait leur cuir d'acier. Les grands pavillons qui ornaient leurs têtes battaient et soufflaient ces corps immenses et innocents.

La vie logeait dans leurs chairs et leurs os, solides comme des rocs, les fortifiant de ses énergies incommensurables. Pour tenir dans un être aussi incroyable, il fallait vraiment être spécial et avoir la faveur de la savane. La terre avait voulu que l'éléphant eût toujours en abondance de quoi réjouir son estomac, murmurait-on dans la savane. Pour le moins, la faim de l'éléphant était anecdotique. Seule une savane d'éléphants pouvait satisfaire un appétit d'éléphant, aimaient se dire les pachydermes à la générosité légendaire.

Les éléphants riaient. Leurs bouches et leurs trompes paraissaient avoir été dessinées pour chasser l'ennui, la monotonie des jours d'harmattan ou le silence de la contrée. De fait, le silence était la règle, le bruit des ménages en était l'exception. L'éléphant le savait. Bien qu'étant pensionnaire de la Lombricie, l'éléphant affectait la réjouissance tout autant que le recueillement et l'écoulement puissant et infini de la vie. L'éléphant était chanteur, batteur et danseur. Qui mieux que l'éléphant et l'oiseau savaient que la joie était au bout des lèvres ? Ne riez pas ! Une joie d'éléphant et une gaieté d'oiseau feraient un petit paradis. Quand ils ouvraient bec et trompe, c'était pour faire vibrer le sanctuaire de la liberté et célébrer les essences et merveilles du pays.

Au bord du fleuve, becs et trompes se délièrent, les poussières retombèrent dans la lassitude et le temps se figea. Les éléphants se raclèrent les trompes et s'apprêtèrent à claironner. Les plumes des oiseaux se tendirent et becs pointés vers le ciel, en caressèrent la beauté. Entre les arbres, le sifflement du vent précédait un chuchotement de roseau froissé qui plongea le pays dans l'extase :

Chanter aux cœurs alanguis
Elève cette terre son stimuli
Exécrant la transe des safaris
Brûlant l'âme des fourmis

Chanter aux cœurs des avertis
Revient aux oiseaux de midi
Aux côtés des gardiens amis
Éléphants aux flancs bénis

Défenses et rires aguerris
Montent avec les colibris
Sur ces terres qui sourient
À la vie dans son canari

Canari de chair aux fruits
Délices des rives en épi
Les êtres aiment tes tapis
Couvrant le Nil servi

Hôtes de paix aguerris
Au pays de rêve leur appui
Bravant le grand mal démoli
Par les purs cœurs ravis

Les jours gris font leur lit
La main vient toute emplie
Vase de terre son étui
Luisant au soleil sa vie

Les chants des oiseaux et des éléphants procuraient une joie grandissante. La visite domiciliaire des vents du sud en ajouta à cette somptueuse démonstration. Le déferlement des vagues de gratitude et d'excitations subjuguait les esprits. En parfaits médiateurs de la forêt et de la savane, ces animaux donnaient tout. À gorges déployées, ils criaient si fort au point que les nuées furent ébranlées. Sans la moindre secousse d'hésitation, les vents se mêlaient à ce concert en propulsant l'écho et les tourbillons de cris aux quatre cieux. Telle gratitude emportait tant de générosité. Durant presque cent courses de lombrics, vents et souffles s'associèrent à cette magnifique démonstration. Les sols tremblaient quand les éléphants se trémoussaient. Les branches vibraient et se jetaient dans le vide. Les écureuils remuaient leurs queues et se tortillaient.

Ce jour-là, les mémoires étaient vraiment chargées. Les essences étouffaient le rire de la liberté, coiffeuse de circonstance, pour la faire encore plus belle, éclatante et indiscrète. Le bruit de la foule commençait à devenir aussi spécifique qu'un conciliabule de zébus. Après avoir chanté, les pachydermes, toujours aussi polis, roulèrent dans la boue et se posèrent sur les rives noires du fleuve bleu. Les éléphants se regardaient alors si profondément qu'ils essayaient de se pénétrer les uns les autres du regard. L'énergie de leurs pattes semblait inépuisable même lorsqu'ils étaient assoupis. Le diamètre de leurs membres avait quelque chose de fondateur, de massif et d'imposant. Alors que la troupe s'était affaissée pour s'accorder du répit, le plus grand d'entre eux continuait à secouer sa tête et sa trompe, comme un geste de défi à la fatigue. Le grand éléphant pesait sur l'air comme une aile de la mer. La force inouïe de ses défenses imposait le respect.

Chanter ici, c'était ouvrir une porte, rompre un bouchon de cristal. Le chant des êtres de ce lieu secouait la terre autant qu'il s'élevait dans le ciel et l'enchantait. C'était une correspondance télégraphique entre les terres et le ciel, un pont invisible sur le Nil solitaire quand il parlait à ses sœurs lointaines, le Congo et le Zambèze, plus bas. Si les terres interrompaient le cours des eaux en dessus, il n'en était pas de même dans les profondeurs. Un réseau complètement abouti de nerfs faisait se communiquer terres et eaux pour divertir les trésors que regorgeait la contrée.

On ne pouvait se faire juste une idée de l'exubérance du monde ou du royaume de l'ombre en utilisant des chiffres et des lettres. Sa vie intérieure ne pouvait s'éclairer qu'en s'exprimant en vous, êtres de chairs ou de terre. Pour comprendre le langage du silence de la vie, vous auriez dû en devenir un objet, pour que ses écluses s'ouvrent et vous engloutissent. Tous ici savaient que le peuple avait un code et celui-là était un code de vertu. Aux sources constantes de la vie, les cœurs ardents offraient un sacrifice, étant les maillons de cette chaîne sans fin. On pouvait saisir les mouvements de cette chaîne à travers chacun de ses maillons. La bonne grâce de chaque maillon consistait à souscrire aux vertus de la nature qui s'écoulait si amplement.

Toute contrariété était impossible. Le grand avantage d'être une vie et le maillon de cette chaîne était que tous formaient un écosystème. Une rupture eût signifié la mort. En apparence comme dans la réalité, on pouvait observer des traces de cette sève primaire de l'innocence qui brisait toute notion même de domination, d'orgueil, de colère cruelle. Là, sur le visage de l'éléphant, cette lumière. Dans le bec du colibri, un rameau de paix. Derrière le zèle des primates, un flot d'ironie et de candeur. Ce que vie avait laissé dans l'ombre, c'était cette étincelle qui se régénérait perpétuellement et maintenait cette flamme que seuls les lombriciens possédaient.

Les lombrics avaient cette faculté de tenir la terre autrement que d'en faire une propriété. Un lombric, cette ombre sous terre, comprenait que la terre appartenait à la chaîne de la vie. Elle était à la fois essence et chainon d'énergie. Autant on ne pouvait posséder la vie, autant on ne devait s'approprier la terre, disait sentencieusement Lombrimet, quand il achevait ses tirades d'école.

Le grand silence montait alors que le soleil se couchait. Lombrimet s'avançait vers les eaux. Sous son enveloppe rassurante, des gouttes de sueurs perlaient à son front moite. Tard dans la soirée, l'aigle lui avait rapporté une nouvelle qui suscita d'abord un éclat de rire strident. Il lui annonça qu'un grand Calame à la couleur de lune avait paru sur la rive est du Nil. On ne le connaissait pas sous ces cieux. Son rire se changea ensuite du tout au tout, peu après, quand on lui souffla que le grand Calame possédait aussi du feu. Il ne fut plus alors tout à fait délicieux d'entendre la suite de cette nouvelle sortir des boyaux de Lombrimet.

L'aigle fut appelé et donna des détails. : « Je volais vers les extrémités de la rive est du Nil, ce matin, quand j'ai aperçu un grand Calame, à la barbe plus longue que celle de bouquetin. Son être tendu et raide avait une consistance d'argile inconnue chez nous. Il portait des caisses de boisés et des petites fleurs. Je l'ai entendu chanter, chanter et rire ». Le récit fait par l'aigle était court mais précis. Grand Calame avait une voix, et elle était forte, sûre, comme celle d'un gaillard qui ne cachait pas sa douceur ou son sérieux. Son intrusion avait provoqué de la confusion et il fut impossible de lui appliquer une étroite surveillance.

Les renseignements fournis par l'aigle devenaient plus précis : « J'ai vu des primates s'approcher, mais il ne parut pas s'en étonner. Il ne comprenait pas leur langage et leurs gestes. Ils ne le froissaient pas. Il semblait être ce à quoi on n'aurait jamais pensé et que vie nous avait caché. Le soleil lui avait montré sa beauté et le fleuve ne lui enleva pas sa bonté. Il s'était désaltéré, sortit un carnet et se mit à griffonner des signes sur des pétales d'argile. Il n'a pas semblé comprendre un traître mot de nos conversations. Au milieu de toutes ses certitudes, il faisait ses grands pas qui collaient à la terre. En ce qui nous concerne, il n'était pas d'autant plus facile de deviner ce qu'il faisait ou cherchait dans la mesure où il était étranger. Par ailleurs, nul ne l'avait invité».

L'aigle avait fini. Lombrimet reprit la parole et décida de courir à l'Autel des mémoires. En interrogeant le livre des essences, cette parole lui fut montrée : « *Étranger est une énigme. Son esprit est grand comme le Nil et son cœur aussi petit qu'une aiguille. Son cœur est de fer et de chair, l'esprit lombricien lui est impénétrable* ». Après s'être assuré du sens des idéogrammes, Lombrimet ressortit et partit rejoindre ses amis près du Nil.

Lombrimet inspira l'air autour de lui. Sa première réflexion porta sur le fait que l'étranger pouvait être un problème qui devrait être résolu. Pour le résoudre, le secours de tous était indispensable. L'aigle vola aux cieux et convoqua tous les animaux de la forêt et de la savane. Les lombrics sortirent aussi pour interroger leurs aînés. Tous craignaient que l'hospitalité des terres ne reçoive pas reconnaissance. Ils voulaient que la présence de l'inconnu, arrivé contre toute attente, ne vienne pas briser leur code de vertu.

66

Il n'y eut aucune admiration aveugle pour l'étranger. Le respect que tous avaient pour la vie épousait la suspicion des orphelins. Le fait que l'étranger fut impénétrable à l'esprit lombricien n'interpellait-il pas le commun des nôtres ? Il ne s'agissait pas ici de respecter le code de vertu, mais de le protéger. Le fait qu'il se soit introduit sur ces terres sans s'annoncer ou se gêner laissait penser qu'il ne savait rien des règles du code. Or, celui-ci contenait trois principes fondamentaux : donner pour être, être pour partager et partager pour construire.

Quand L'aigle avait volé bas pour épier l'étranger, il avait pu flairer une odeur fétide. Son intuition fut plus tard confirmée. En effet, l'ombre dégageait une odeur de craie blanche moisie. L'étranger ne sentait pas comme les vases humides de la nature. La possibilité que Grand Calame puisse être dispensé d'un bain purificateur pour chasser son odeur dérangeait fortement. Au beau milieu de la nuit, tous décidèrent d'envoyer Lombrimet pour qu'il fît connaissance avec l'étranger. Ce que vous ne saviez pas, c'était que Lombrimet et beaucoup de ses congénères comprenaient toutes les langues, car sous le ciel, les corps avaient trempé dans celui du lombric. Cette réalité, l'étranger ne la connaissait pas.

Lombrimet s'enroula sur la patte d'aigle et les deux volèrent sur la savane à la recherche de l'intrus. Le ciel était mal éclairé, et les terres, sous les airs obscurs, enterraient leur stupeur. Le calme qui régnait contrastait avec la confusion ambiante des cœurs. Après ce qui dura comme vingt courses de lombric, l'aigle aperçut un feu et amorça alors sa descente. Des précautions avaient bien été prises pour qu'en cas de danger, les lombrics les plus proches fussent alertés. La seule idée qui guidait Lombrimet était celle de faire connaissance avec l'étranger et de sonder son essence et l'esprit qui l'habitait. Il s'agissait aussi de lui faire apprendre le monde qu'il côtoyait.

L'aigle descendit majestueusement de manière à bien se faire voir. Il posa ses pattes près du feu qui brûlait. Lombrimet se détacha des serres très acérées et monta jusqu'au sommet de la tête de l'aigle. Une conversation commença avec l'étranger qui ne put s'empêcher d'afficher son étonnement :

– Salut à toi Étranger, dit Lombrimet.

– Salut ! répondit-il, surpris de voir que le lombric parlait et comprenait son langage.

– Sois le bienvenu sur les terres de l'ombre, notre humble cité.

– Merci.

– Nous vivons depuis très longtemps sur ces terres et c'est la première fois que nous te rencontrons.

– C'est la première fois que j'atteins ces terres.

– D'où viens-tu ?

– De kush, aux abords du Nil, vers le nord-est.

– Qu'est-ce que c'est Kush ? demanda Lombrimet.

– Un grand royaume fait de main d'homme. Il est beau et paisible. Je suis un envoyé des descendants de la reine Makeda. Il m'a été demandé de venir explorer ces terres pour en connaître les habitants. Je n'ai jamais imaginé que je rencontrerai âme qui vive et parle ici mon langage. Je suis dérouté.

– Il y a une chose que tu dois savoir d'emblée. Nous connaissons le ciel et la terre. Nous savons que notre monde est un refuge pour le nu et le faible, un fleuve pour dompter toute force brute. Nous invitons toujours l'inconnu à déposer sa force - quelle qu'elle soit - dans le fleuve, avant de ramasser la terre qui l'observe et crie contre lui.

– Je suis maintenant informé, je me plierai à cette exigence.

– Le fleuve veille à ce que toute force coule et épouse la vie. Si un inconnu refuse de se purifier de sa grande ou petite force, le fleuve s'invite en quelque lieu qu'il se trouve pour le lui rappeler. Pour purifier ton cœur, il te suffit de déposer tes armes de mort, de les nommer et de t'en dépouiller. Notre terre sera alors plus légère.

– Ma force sera déposée au fleuve avant le pic de la nuit. J'ignorais que j'étais un souffle de consternation pour le monde qui m'offre l'hospitalité. Je comprends maintenant que ma liberté amoindrit votre monde et en corrompt l'excellence.

– Comprends aussi qu'il n'y a pas de captif à faire ici. La coupe des essences interdit que la liberté et le sort des faibles soient remis entre les mains de l'intrus ou du plus fort.

– Je le concède, très humblement.

– Pour que la lumière puisse y pénétrer, nous invitons les étrangers à ouvrir leurs cœurs. Cette lumière, c'est celle que communique la vie dont la chandelle éclaire les fosses de l'ambition et de la démesure.

– J'accueille pleinement cette révélation.

– Pour nous, toute projection devrait atteindre une longueur parfaite dans la lumière. Nos horizons sont faits de lumière. Quand nous entrons dans la demeure du silence, c'est pour écouter le fleuve qui éteint toute voix et vous transporte sur les plateaux où la vie accède à l'infini. Nous n'acceptons pas les vains combats de canines qui réduisent la vie à une forme d'exposition de la cruauté ou du vide, à l'indétermination de notre souffle. La plénitude nous reçoit pour que la vie soit une ascension dans la lumière.

– Profond... profond, soupira Yéshaq.

– On t'a entendu chanter ce matin dans la savane. Que chantais-tu ?

– Tu veux savoir ? Eh bien, c'est un très beau chant de notre pays. Il s'intitule *Aime la lumière*.

L'étranger s'arrêta un instant. Le voile venait d'être déchiré et la lumière pénétrait. Le choc des inconnus redouté faisait maintenant place à l'offensive de la curiosité. L'étranger, qui s'appelait Yéshaq, ne montra aucun signe de méfiance ou d'hésitation. Il sortit son instrument, une lyre, et se mit à siffler.

L'Étoile visite nos cœurs ses terres
Monté sur son écrin blanc de verre
Flamboyant des feux du cratère
Grondant sous un ciel sans guerre

Lumière des âmes ombre aquifère
Les eaux coulent dans tes artères
Tes souffles de chair et de terre
Sont amies d'amour et cavalières

Serrons l'amour notre coursière
Ciel bleu de toutes nos prières
Lumière des ombres et brassière
Sphères de paix des bergères

Chantons l'amour vive lumière
Nos cœurs sont ton belvédère
Etincelles du ciel calorifère
Appât d'amour et chevalière

Yéshaq avait chanté d'une voix si douce à tel enseigne que l'aigle fut ému. Lombrimet respirait, impassible et impatient de continuer. Cependant, il s'efforçait de contenir ses expressions, et de rassembler ses idées. Il interrogea :

– Aimes-tu ce pays ? La vie a établi sa demeure parmi nous. Elle a ses quartiers en chacun de nous et le langage de son cœur nous est connu. Si tu aimes la vie, tu aimeras ce pays.

– Plus que jamais et plus que tout, répondit-il.

– Qu'as-tu fait de particulier aujourd'hui ?

– Je suis venu avec des caisses de bois pour apprendre à développer des carrés de lombrics. Nous savons chez nous que les lombrics ensemencent la vie. Je suis venu voir

70

comment ils prospèrent et s'épanouissent. Leur ombre est un reflet de vie original, leur parfum celui de la terre pure. Un ver est un grain, une semence de vie. Chez nous, il nous est répété sans cesse ces mots très anciens : « Combien moins l'homme qui n'est qu'un ver, et le fils de l'homme qui n'est qu'un vermisseau ! ». Nous savons aussi, depuis longtemps, qu'outre nos intestins vermiformes, l'esprit des lombrics pourrait nous gratifier de sa subtile connaissance des mystères de la vie qui se régénère! Cette sagesse si pure que tu démontres ! À t'entendre parler, je ne peux m'empêcher de penser que notre sagesse est semblable à un fatras de souillures, pour autant qu'elle ignore la terre et ne lui rend pas ce qu'elle lui doit. Quand nous agissons, c'est pour détruire, ou nous détruire. « À la terre comme à la terre », lancent nos armées, quand elles vont en guerre ! Désormais, je souhaite qu'elles le disent, pour un avenir et un pacte de paix !

Ils se turent, tous les deux, pendant quelques secondes. Yéshaq avait prononcé les derniers mots d'une voix étranglée. Il demeurait immobile, légèrement pâle, la face couverte par le reflet de lune qui se frayait un chemin dans le ciel obscurci. Yéshaq ajouta :

– Demain, à l'aube, je serai parti, et je parlerai des miracles de ce pays, de ses habitants. Quand je dirai que les terres de l'ombre sont une terre de vie, je pourrai me faire comprendre. Cependant, je ne parlerai pas de ce que la parole sage t'habite et que tu peux la donner aux essences du silence, parce que ce secret est vôtre.

– Pour rien au monde, nous aurions souhaité que les secrets de vie fussent à jamais cachés. Nous partageons pour construire et être, telle est notre essence. Il vous appartient de faire briller les terres de l'ombre aussi loin que vous le pourriez. Vas, agis, sois intègre. Ne te soucie guère de ce que les tiens diront.

– Pour ma part, j'encouragerai les miens à prendre des ordonnances pour conserver les terres de l'ombre et éviter qu'elles ne passent à d'autres. Je ferai tout mon possible pour les convaincre qu'une journée commémorative soit consacrée au lombric, et pour que tous, enfants et vieux, puissent mieux le connaître. J'emporte avec moi une connaissance qui rendra mon monde meilleur et plus juste. Nous sommes puissants, mais nos cœurs sont faiblement éclairés de bonnes lumières. La vie de lombric mérite d'être connue et reconnue.

– Avant de t'en aller, il nous appartient de t'éprouver pour savoir si tu as bien retenu notre message.

– Je suis tout ouïe.

– Te tiens-tu prêt ? Quelle est la source qui laisse couler le souffle et ne se tarit jamais même lorsqu'elle est placée sous une très forte pression ?

Yéshaq réfléchit quelques instants, son œil malicieux et intense éclairant sa face confuse. La réponse qui lui semblait parfaite était a priori celle qu'il crut devoir tirer de la conversation.

– La lumière, ou plutôt la vie, dit-il, en se ravisant, moyennement assuré.

– Non, malheureusement, cher ami. Il s'agit plutôt de l'esprit, corrigea Lombrimet avec douceur. C'est ton esprit qui accueille la lumière, encore mieux que ton œil. Lorsque l'esprit est mis à l'amende, soumis à l'épreuve ou à la pression du Mal et du monde, il ne peut s'éteindre ni se perdre. Tu feras l'objet d'une forte pression, mais sois fort pour porter ton message

La discussion s'acheva. Ils sacrifièrent au rituel des ultimes salutations, puis l'aigle, prenant son envol, repartit vers son quartier habituel.

Chapitre 7
Assaut sur les terres de l'ombre

Quatre pleines lunes se succédèrent. La vie avait repris son cours normal. Les lombrics, toujours actifs, préparaient le jubilé. Il fallait élaborer des chants, des ballets, des jeux, des tableaux et même des drapeaux. Le travail était salutaire pour un lombric. Rarement seuls sous terre, ils profitaient de leur séjour au soleil pour rencontrer d'autres lombrics, grands et petits, qui élisaient domicile dans les bancs inférieurs de la terre. Ceux qui connaissaient le pays allaient à la rencontre des familles de l'Extrême-Sud du Nil dont ils avaient entendu parler.

Pour préparer le jubilé, les familles de lombrics se divisèrent en plusieurs groupes. Les moins nombreuses furent d'abord chargées de préparer les souffles des chants. Ce furent celles qui avaient la mémoire vive et la voix plus douce qui entrèrent en action. À deux autres groupes, fut assignée la tâche de faire les ballets et d'en préparer le décorum. Aux autres, celle de concevoir les jeux pour occuper les enfants et les cohortes qui viendraient des terres lointaines. À certains lombrics, fut donné de préparer des tables de terre pour faire des tableaux retraçant l'histoire du pays de l'ombre. Finalement, aux plus jeunes, il appartint de faire les drapeaux.

Lombrimet surveillait la progression de la préparation avec grand soin. Princes parmi les princes, les lombrics pensaient être les princes de la terre, mais plus opportunément les princes du service et de la dévotion. Lombrimet ne se reposait jamais avant que l'objet de ses pensées fût placé dans son champ visuel. Quand il ne le trouvait pas, il venait, sur l'instantané, convoquer ses alliés et trouver une solution. Grâce à une telle régularité, le travail avançait bien et les lombrics déployaient leur énergie extraordinaire à la tâche. Pour l'occasion, ils invitèrent les fourmis de feu afin qu'elles complètent les rangs de ses ouvrières du midi.

Pour un si grand nombre d'ouvriers, on aurait craint que la tâche fût rendue impossible ou difficile. Si leur grand nombre paraissait défier tout entendement, leur organisation, en revanche, était si réglée que jamais on aurait douté qu'elle ne fût pas coutumière. Vous n'auriez pas esquissé un geste de surprise en les voyant.

Très vite, le foyer central, lieu où devait se tenir les célébrations du jubilé, fut recouvert de terres noires. Lombrics et fourmis les avaient déposées avec une intelligence remarquable. Les termites étaient venues donner un coup de main et parachever la préparation du décor en élevant soixante-dix-sept pyramides moyennes de terre. Elles étaient la représentation des différentes célébrations qui avaient été faites depuis que les terres avaient touché leur point le plus bas au sud. À leur sommet, ces pyramides avaient quatre trous qui s'ouvraient aux quatre vents. Elles étaient aériennes et ne présentaient aucun défaut formel. En Lombricie, on rappelait qu'elles avaient inspiré les grands Calames du Nil. La structure biogénique des pyramides était grandiose. Leurs parois étaient une mixture de terre et de salive. Il y en avait qui étaient hypogées et faisaient plusieurs lombrics de haut. Les termites et les lombrics avaient convenu aussi de faire des édifices épigés afin de garder au frais ceux d'entre eux les plus vieillissants, parmi les lombrics, les termites et les fourmis, qui ne supportaient que mal la grande chaleur.

Les lombrics et leurs alliés avaient la science des édifices. Amis du ciel, ils savaient travailler la terre avec une connaissance à l'épreuve de la pluie et du vent. Au fait, la terre s'abandonnait à leur sagesse. Les termites, particulièrement douées pour la construction des édifices en hauteur, comptaient en leur sein les familles les plus aptes à la transformation des paysages extérieures. Elles étaient nombreuses, moins que les lombrics, mais naturellement, elles en étaient le parfait complément. Lombrics et termites étaient à la terre ce que les astres et l'infini étaient au ciel. Dans leur logis, l'intelligence était telle que la nature et ses éléments y trouvaient leur place. Machinalement, dans le but d'embellir le paysage, ils revisitaient incessamment leur ouvrage afin d'en corriger les imperfections. Leur présence en leur lieu ne passait jamais inaperçue. Leur dévotion naïve à la terre interpellait, leur grâce généreuse interrompait le cours du temps pour en ressasser les meilleures séquences.

S'ils n'avaient pas existé, il eût fallu les inventer. La nature qui les connaissait si bien se livrait à un énième exercice de considération de leurs talents. Il ne s'agissait pas - à la vérité - d'une déduction, mais d'une évidence. Tout était là, sous le regard. Les preuves d'ingéniosité dont s'entouraient les termites et les familles de lombrics accusaient le doute. Pourquoi nier qu'une effusion de génie avait été présente derrière de tels ouvrages ? Les termites connaissaient l'art des murailles, des retranchements et de la géométrie. Les lombrics avaient pour elles le feu sacré de l'écologie et de la géologie. Ensemble, elles couraient dans un fleuve que Lombrimet nommait bien et perfection.

Du matin au soir, l'harmonie persistait. Les lombrics ne quittaient jamais leur travail avant de l'avoir terminé. Les présents qui avaient été chargés de faire des tableaux utilisaient la détente de leurs chairs pour faire des crachis. Bien malins étaient ceux qui donnaient aux jetées d'argile leur parfaite teneur en eau. Au bout du compte, dans le foyer central, la disposition des tableaux en cercles lui conférait une configuration d'aréopages.

Après avoir roulé dans la boue, les lombrics allaient dans les galeries de terre pour en reconstituer l'humidité. Ils décroisaient les grains de silice et les disposaient avec des gestes extrêmement mesurés. Quand ils se trouvaient à l'étroit, ils se délivraient de l'obstacle en allongeant leur corps et en se détirant irrésistiblement.

La confection des drapeaux occupait un nombre très réduit de familles de lombrics. Ils furent achevés après un habile travail collectif. Quand les feuilles vertes et fraîches étaient assemblées, ils les gardaient pendant dix courses dans les entrailles du baobab. Ils absorbaient ensuite les feuilles et la terre et en rejetaient la pâte. Celle-ci était encore humidifiée à partir des filets d'eau qui circulaient dans les galeries. À la fin, la pâte était étalée sur les écorces d'arbres par les termites et d'autres vers venaient y faire leurs cocons de soie. Quand elles avaient fini, elles étiraient les fils et les assemblaient pour en faire de grands draps blancs de très bonne qualité.

Les étendards des terres coulaient aux quatre vents, libres et purs. On pouvait apprécier leur délicatesse et les rentes de leur beauté. En effet, leur générosité se perpétuait avec élégance et la liberté qui s'exprimait attachait les vents, pour en traduire les ondes, la puissance, l'éternité. La liberté n'existait pas ici par elle-même, hors de tout ou dans le néant ; elle était apparentée, infusée et incarnée.

Le chant du vent était doux. Son langage universel s'imprimait dans les cœurs avant les célébrations de demain. Les lombrics achevaient de répéter le sixième chant du programme. Son écho était particulièrement attendu parce qu'il était un classique des nuits du jubilé. Une haleine douce, une belle mélodie, sortait des terres, telle une vapeur, gazant l'herbe :

Chantons et dansons c'est l'été
Pour toutes mains de tout côté
Vient l'ultime moment du jubilé
Dans nos cœurs blancs de vérité

Sous le ciel clair de lucidité
Nos âmes élisent leur loyauté
Aux terres émues et postérité
Des alliances de grande beauté

Ces lieux coulent dans la bleuté
Du ciel confessant son acuité
Aux termites et leur dignité
Pesant sur les ombres acceptées

Lombrics en fête cœurs aimés
Le fleuve berce ses nobles alliés
D'intelligence vive escortée
Affranchis de la mort et scrutés

Terres chères terres d'unité
Les temps dévoilent ta volupté
Les âmes chantent en santé
Les mémoires de ta commodité

Les lombrics chantaient cette fois-ci, accompagnés des termites. Vifs, les vents pelaient la rigueur des écorces et des branches. L'envie de danser était inintelligible. Rien de drôle, de mystérieux, de profane, n'engourdissait cette confrérie immaculée. Les âmes honnêtes qui assistaient à ce spectacle ne pouvaient se taire, exclure des détails, ignorer la réalité. Les mondes féeriques sortent de l'imagination : ce que l'œil voyait ici émergeait, pur et clair, de la réalité primitive. Au moment où le chant montait, le rêve incrédule de la réalité était devenu un scandale, une énormité, une forme d'ignorance platonique, plate et paresseuse.

Le travail de la terre continuait d'être exécuté avec une précision d'orfèvre et une persévérance de camélidé. Lombrimet sortit de terre après sa dernière ronde. Il fit les derniers rappels avant le début de la soirée. Il alla à la rencontre des lombrics et leur offrit de faire une représentation de leur ballet. Celle-ci dura trente courses de lombrics, au cours desquelles, là encore, les oiseaux et les termites participèrent au spectacle.

Il s'agissait d'une pièce qui mettait en scène les assauts de Méandrine et la victoire du peuple de l'ombre. Basé sur des faits imaginaires, le ballet permettrait de mettre en lumière la lutte de prestige qui opposait les forces du bien à celles du Mal.

Le soir tombait. Le témoignage irrécusable des lombrics prendrait bientôt une forme nouvelle. Les lombrics avaient achevé leur préparation et étaient arrivés à la fin d'une journée bien remplie. Très nettement, on les entendait qui se félicitaient des progrès réalisés. Pas une seconde, ils ne soupçonnaient le scénario injouable qui viendrait bouleverser la journée qui suivrait. Anomalie curieuse, la terre trembla ce soir-là, plus rarement et fortement que d'habitude. Les pyramides qui avaient été réalisés étaient restées en place, leurs structures particulièrement réussies avaient résisté et étaient intactes. Dans l'ombre, on avait éprouvé une brève insécurité. Aucune anxiété cependant ne se mélangeait aux ténèbres. De tout cela, il résultait, de la façon la plus absolue, une pleine sérénité, en attendant de voir se lever le jour du jubilé.

Le temps passait, passionnant et divertissant. Le foyer central, aire parfaitement décorée, attendait ses visiteurs dans la plus grande équanimité. Les rayons de lune supplantaient maintenant ceux du soleil et le verger qu'entouraient de hauts arbres. D'ores et déjà, la coulée ordinaire de la vie prenait son chemin traditionnel, nocturne, dans l'inconscient des ombres tapies sur les rochers et le sein des monticules.

Lombrimet pénétra sous la racine d'un arbre pour y retrouver Lombricam. Les deux firent le point de la journée. Sortis à la clarté de la lune, ils apprécièrent les murailles massives de l'arbre qui s'élevaient au-dessus du fleuve. Les herbes épaisses qui surmontaient le versant est du foyer central avaient été attachées pour accueillir ceux qui viendraient à dos d'eau. Lombrimet rôda isolément pendant quelques passages de vent, et comme s'il attendait un moment propice, s'en alla consulter une ultime fois le livre des essences avant le jubilé.

Il s'enfonça dans la pénombre. Le livre était en son lieu. Il l'ouvrit et attendit qu'un message lui fût donné. Ce soir-là, aucun message ne fut révélé. L'Autel des mémoires était resté aussi silencieux qu'un cimetière d'eaux. Les sens en éveil, il s'évertua à comprendre ce qui se passait. Troublé, il constatait que les rayons de lune ne pénétrèrent pas ses pensées. Il eut l'impression que les ténèbres l'empoignaient et domptaient sa placidité. Il se dégagea d'une vive pensée de lumière et sortit à l'extérieur.

Le jour se levait. Dès le onzième pas du soleil, le foyer central débordait de vie. Les nerfs détendus et les cœurs conquis étaient exposés sur l'herbe pour suivre les festivités. La symphonie du jubilé était cependant celle qui était attendue. La journée commença par les ballets, suivis vers midi par la présentation des griots, avec Lombricam à sa tête. Les souffles explosaient dans la plus grande effervescence. Les regards exprimaient à la fois la joie et une volonté d'en avoir davantage. Le peuple des ombres clamait par la bouche de ses hérauts que la vie pouvait résister à tout, qu'il n'y avait pas plus grande tragédie que la perdre, c'est à dire ne plus être un lombric ou de ne pas pouvoir le devenir, en se récréant indéfiniment dans la vie. Les termites et les fourmis acquiescèrent dans le plus grand bruit.

Le chœur commença à se faire entendre lorsque le soleil étendit ses rayons de feu sur le foyer. Les choristes étaient beaux, élégants et souriant. On ne put s'empêcher de pleurer tant leur voix était douce, quand elle élevait et proclamait la vie faite terres et eaux. Le quatrième des sept souffles proposés, plus pénétrant que jamais, était *Signe de vie* :

Signe de vie sur cœurs et mains
Souffles de feu et murs d'airain
Les amis célèbrent ton levain
Ce matin vient bon lombricien

Signes de vie toiles des mains
Terres de feu chasse aux biens
Les souches bercent le refrain
Des coupes douces du lendemain

Signes des ombres vie aux grains
Épis de gemmes épées des bassins
Couverts du ciel tout notre gain
Mèches du jour vents câlins

Les lombrics chantent dans un bain
Les termites font de danses butin
Aux cercles de vie tout cristallins
Secouant des vignes les écrins

Signes de vie pas sibyllins
La nuit vient aux souterrains
Les lombrics sombres grands taquins
Des terres d'ombre leur chemin

Les terres qui bougent sans pépins
Savent de la beauté tout le soin
Silences des ombres souffle aquilin
Les champs chantent tes potins

Dans une unité de folie, la foule avait soufflé avec le groupe ! Les arbres bougeaient, ivres et médusés. L'apothéose arriva, après le dernier souffle et les acclamations de la foule, agréable et séduisante, accompagnée par un chant. La foule s'interrompit elle-même, charmante et fatiguée par l'émotion. Lombrimet s'était dressé juste au milieu du foyer central, rappelant l'alliance de vie, et les règles fondatrices du code de vertu. On s'embrassait doucement et on se câlinait, quand subitement, la terre se mit à trembler. Méandrine parut en un éclair sur des radeaux de feuilles, accompagnée de six-cent soixante-cinq rats des cavernes. Ils déferlèrent sur les rives, à quelques jets de pierres du foyer, et se mirent à attaquer. Ce fut la débandade.

Les envahisseurs entourèrent le foyer où étaient rassemblés les lombrics, les termites et les fourmis. La surprise était totale. Un élan de sympathie instinctive se propagea dans la forêt. La tristesse avait surgi, violente et bouleversante, alors que la fête devait se terminer pour la première journée et que dans la nuit, l'aurait rejoint le reste des animaux les plus imposants.

Ces rats à la gueule si affreuse, dégoulinante de baves de cadavres… Les lombrics en éprouvaient un tel dégoût ! Ces pauvres bêtes semblaient bien décidées à en finir ! Si mortellement ennemis que fussent les envahisseurs pour le peuple, les lombrics et leurs alliés durent rester calmes, trop même, à tel point qu'on s'interrogea sur le dernier ressort de leur sérénité.

Là-haut, rien n'avait changé. Sous terre, tout était pareil. Le sort qui se déroulait dans un ébranlement constant et funèbre paraissait vraiment méconnaissable, étourdissant et repoussant. Il y avait si peu à comprendre, en ces moments, où une journée basculait dans le vide et l'horreur, laissant remonter en surface l'apparence reconnaissable d'une mort violente et indésirable, la nôtre, écrite par d'autres que la vie. Ou serait-ce une illusion, une vraie, féerique et tentante, intuition des ombres trompeuses qui cherchaient à assouvir leur vengeance ? Si illusion il y eut, il n'y avait pas alors à craindre que l'essence de vie ne fût plus la même.

La mort n'effrayait pas. La vie était intimement liée aux essences. Si la vie avait établi ses quartiers depuis toujours sur ces terres, elle avait aussi fait de ce peuple l'héritier de l'alliance. Méandrine était là, triomphante et frémissante d'agitation. Bataille lui semblait gagnée. Toute la nuit, elle et ses alliés s'étaient levés et avaient marché, puis s'étaient faits des radeaux de feuilles de nénuphar pour s'infiltrer au cœur des terres.

Les envahisseurs haranguèrent la foule. Ils se décidèrent ensuite à la mener jusqu'à la faille à l'est de la savane. La foule nombreuse s'ébranla dans le silence. Ils y allèrent sur les nénuphars à nouveau en grand nombre. Sur les rapides, on entendit les rats siffler, ce qui ressemblait à un grognement sourd et désagréable :

> *Les terres des ombres envahies*
> *Cèdent aux hordes ennemies*
> *Domptant les cœurs anéantis*
> *Chassés de leur beau paradis*
>
> *Rats du mal grands tsunamis*
> *La victoire est ainsi aboutie*
> *Les forces amères votre alibi*
> *Soufflent au comble de l'ironie*

Rats de l'ombre vies abêties
La mort vient et nous sourit
Simple mais vierge et abrutie
Par la haine des têtes impies

Les rats savaient danser. Ils criaient victoire. Leurs regards de fer suscitaient des frissons de fièvre. Quand la foule fut arrivée au rift de la vallée des morts, Méandrine et les rats descendirent tous dans la fosse pour préparer l'échafaud et le carnage. Les mercenaires étaient rassemblés, au nombre de six-cent soixante-cinq rats, pour préparer le festin, se réjouissant, au milieu de l'été, de cette grande prise des tropiques. Le coup soigneusement préparé par Méandrine avait été parfaitement exécuté.

Les rats continuaient leur danse macabre. Soudain, la terre se mit à trembler doucement, puis violemment, ouvrit sa bouche, avalant d'énormes cailloux, au fond de la vallée. Les rats et Méandrine furent dévorés, en un instant, bien avant que les lombrics en sécurité sur les falaises n'eussent le temps de le réaliser.

Lombricam et Lombrimet se regardèrent. Ils ne s'attendaient pas à un dénouement si heureux et si net, quoiqu'au fond d'eux-mêmes, l'assurance de la vie éternelle fût restée la-même. Mourir aujourd'hui ou mourir demain pour un lombric n'avait rien de contrariant. Promis à la vie comme ils le sentaient, ils se dirent : « À la vie comme à la vie ! Tel sera désormais notre crédo ». Lombrimet, se tournant vers Lombricam, lui demanda :
– As-tu déjà vécu pareil jour comme celui-ci ?
– Sans doute pas, cher ami, répondit-il.
– Serions-nous lombrics… serions-nous les lombrics d'un dessein inexprimable ?
– Je veux le croire, dit-il avec une expression de sécurité catégorique.

– C'était comme si nous avions disparu de la réalité pour reparaître dans un rêve.

– Bien plus que çà... c'était comme si nous avions changé de vie !

La vie avait encore bien de mystères à révéler. Une vie de lombric était celle de toutes les surprises, soit dans la mort, soit dans la vie.

Chapitre 8
Les traces de l'ombre

La délivrance avait été surprenante. Mille générations s'en souviendraient. L'assaut avait été absurde, illogique, quand le dénouement avait révélé un phénomène d'énergie et de puissance extraordinaires. La violence du Mal et l'excès de rage formidable qui avaient habité les envahisseurs n'avaient pas surpris les lombriciens. Tous s'y attendaient. À l'opposé, la terre avait été sarcastique, cinglante et brutale. La réponse qu'elle donnait aux souffles noirs laissait indiquer que l'unique conclusion qui eût été valable était celle qui validait le triomphe de sa loi, de sa raison.

Les âmes d'ici avaient repris vie. Quoiqu'endormi, le pays s'apprêtait à revivre un jour nouveau. On ne pouvait pas ignorer cet intermède où, l'attente suspendue, les souffles visitaient les parvis de l'esprit pour se soustraire à la folie du Mal. Les vents recommençaient à parcourir monts et vallées pour en chanter la beauté. Tout était rentré dans l'ordre. Lombrimet cherchait maintenant à colliger les faits. Il toqua aux portes, parla à des témoins, et avec quelques frissons, recueillit le témoignage des petits qui ne furent pas épargnés. Il alla, avant minuit, à l'Autel des mémoires, pour en garder l'essence.

Une si longue journée d'été ! Les pièces manquantes du jubilé pouvaient-elles être reconstituées dès le matin ? Que faire de cette signature du Mal, de la mort, des ténèbres qu'on voulait chasser des esprits ? Le profit que l'on pouvait tirer péremptoirement de la journée d'hier était magnifique. Tous étaient revenus en leur lieu, avec de nouvelles mémoires. Ce matin-là, il ne fallut point exclure qu'on en vienne à découvrir aux récits des présents de nouveaux éléments, des traumatismes ou des appréhensions. Il y avait donc lieu d'envisager de faire un office de guérison, dès la première journée qui suivrait le dernier jour du jubilé.

Le dessein criminel du Mal serait rappelé. Si le Mal ne donnait aucune espérance, on pouvait néanmoins avoir la plus grande satisfaction à parler de sa défaite. Méandrine avait voulu changer les choses, instaurer le chaos et la mort. Son rire féroce et odieux reposait désormais dans le néant cosmique, où le bien ne le rencontrerait plus jamais. Les lombrics qui étaient chargés du ballet en avaient conscience. Il avait été préparé avant l'assaut et fut rapidement modifié pour explorer l'horreur des princes et rires du Mal. Les lombrics et leurs alliés - termites et fourmis - en étaient les héros.

Tel qu'il était envisagé, l'office de guérison était un rituel simple et facile à réaliser. Le décor spartiate qui devait l'entourer serait encore ouvrage de termite. Il s'agissait d'une tour du souvenir de trois lombrics de haut, réalisée près du fleuve du Nil, dans le grand air. Tous viendraient, l'un après l'autre, passer près de la tour, en y jetant une feuille mâchée, qui représentait le mal singulier vaincu et écrasé entre les dents. Lorsque tous seraient passés, les lombrics devraient revenir pour absorber toute cette masse, et la mélanger avec des pièces de terre, sur le bord du Nil. Le fleuve terminerait le travail en effaçant toutes traces de feuilles et de terre.

Il avait été aussi décidé que la cérémonie se ferait sur les notes d'un antique air de recueillement. Les sifflements qui couvriraient la foule devaient symboliser leur purification :

La mort venue soir d'invasion
Les pieds chutent de leur étalon
Les rires changent en accusation
Le Mal libre et ses bourgeons

La mort livre ses tourbillons
Noirs et vides en prestation
La vie recule dans l'élection
Du Mal ivre en transition

La vie vient course d'absolution
Des sorts amers en transaction
Les cœurs savent la chanson
Du jardin vert de consolation

Aux vents chers sont mission
Filtrer terre et ses bataillons
Il est temps d'être contagion
De la vie sève notre pardon

Au milieu du foyer, la foule se tenait encore plus nombreuse que durant la première journée. À l'arrière du foyer, les animaux les plus massifs gardaient le silence, tous assemblés aux côtés de leurs amis, puisqu'ils avaient la faculté de voir plus loin en raison de leurs tailles. Ce jour était celui du jubilé. Les uns et les autres se saluèrent et se donnèrent des nouvelles. Il n'y avait pas lieu de confondre les pleurs et les cris d'hier aux joies et sourires d'aujourd'hui. Les bonnes affaires se faisaient là. Les salutations - exécutées rapidement et sans gestes inutiles - se poursuivirent pendant trente courses de lombric. Les plus jeunes avaient hâte de retrouver le chœur et de l'entendre bercer le pays. La joie croissait en proportion de son agrément.

Lombrimet s'approcha au milieu du foyer central, sur les ailes de l'aigle, et de là, il fit signe à la foule. Peu à peu, la foule plongea dans le silence et s'arrêta. Au milieu de la foule, Lombrimet revêtit son costume d'orateur et se mit à dérouler, avec la plus grande précaution, le rouleau de la mémoire collective que tous attendaient avec impatience. Il leur dit :

« Nous avons eu pendant longtemps la joie d'embrasser une terre de paix. Quand les vents nous rappelaient l'alliance entre le ciel, la terre et les eaux, nous avions une connaissance de ce lien qui ne dépassait pas la réalité. Pour nous, seul le vécu était un chemin que la vie suivait. Personne, pas même les plus anciens, n'a jamais osé ou songé à changer cette réalité qui se construisait dans la simplicité. La vie nous a tous toujours accueillis, enseignés, aimés. Elle nous a appris qu'elle pouvait être notre conscience de la réalité. Chaque jour, elle nous a offert les clefs de la prospérité et nous avons été désaltérés à l'abreuvoir du partage. Nous sommes devenus, à la lumière de son éternelle mesure de grâce, les maillons d'une chaîne ininterrompue. Si nous sommes ce que nous sommes, c'est parce que les liens qui nous unissent sont une ouverture sur l'avenir, et notre avenir, c'est l'autre, toi qui m'écoutes et me comprends. Nos terres ont toujours été bouches, creuses, pour servir à boire, offrir un gîte, un asile, une mémoire et un espoir. Dans nos membres, habitent une énergie qui ne nous appartient pas et dont nous sommes les gardiens. Il est inconcevable que nous puissions marcher sans nous laisser éclairer par la mémoire qui s'écoule dans notre collectivité. En nous, émerge ce témoignage que seul notre dévouement au principe supérieur des essences nous montre le chemin de l'existence. Notre réalité à nous est un fleuve universel qui coule en chacun de nous. C'est pourquoi, nous avons fait serment de donner pour être, être pour partager et partager pour construire. Les mots suprêmes que nous utilisons ici sont une consistance de notre esprit de partage, car notre parole est partage. C'est une offense à la vie même que de refuser de donner et il n'est pas plus grande transgression que celle qui consiste à empêcher de donner. Tout nous a été donné. Nous n'avons pas une sagesse pour appauvrir la terre, mais pour l'enrichir, nous unir à elle. À ce stade, nous sommes riches parce que nous sommes unis à elle, sommes en elle, et ne sommes pas sans elle. On pourrait considérer que nous sommes nombreux et pas assez seuls pour concéder plus de terres à chacun, et que l'hypothétique rareté de notre espèce donnerait aux élus - dans cette supposition - plus que ce qui serait nécessaire pour répondre à la vanité d'un projet aussi égoïste. Si je rappelle ces principes, c'est parce que rien ne devrait vous sembler acquis. La vie en nous n'aurait plus de sens si nous nous éloignions de ce qui en fait la force. Nous avons vécu des moments difficiles pour nous rappeler qu'un cœur n'est qu'un point, pas aussi grand qu'il n'y paraît, et que sa grandeur réside dans son aptitude à mener sa course dans l'absolue vérité de la pureté. Nos cœurs sont purs parce que nous sommes une famille de partage. Les fragments de notre mémoire collective ont résisté à l'usure parce qu'ils reposaient sur des cœurs solides et de paix, qui en avaient toujours assez pour redonner au monde ce qu'ils prenaient pour eux-mêmes dans celui-ci. Si nous lombrics et termites et tous nos alliés grandissons dans cet esprit, et en établissons le principe dans nos interactions, nous sommes assurés de faire fortune de l'alliance de nos aïeux en autant de fois qu'il nous serait possible d'en reproduire les secrets. Lorsque nous sommes attaqués, nous ne devons jamais nous résoudre à demeurer des victimes des accidents de la vie. Si tel était notre lot, souvenons-nous que l'arbitraire ne saurait triompher, et que dans le meilleur des cas, notre être restera l'ultime refuge de la vérité. Si par extraordinaire le sort devait basculer, comme à notre premier jour de jubilé, imaginons que la lumière brillera toujours de son feu sacré, et que le flot irrésistible de la vie envahira le cœur des ténèbres et lui arrachera ses captifs. Nous sommes sur les terres de l'ombre, mais non pas celles des ténèbres, car la lumière règne et habite nos cœurs purs. Il nous est alors loisible de penser que nos cœurs resteront à jamais ouverts pour accueillir tout l'univers ».

La foule avait écouté, silencieuse et appliquée. L'ancre de la peur s'était détachée, et en parfait accord, tous pouvaient poursuivre alors leur voyage sur de nouvelles rives. À la fin du discours, Lombrimet était comme devenu l'auxiliaire, mais surtout la mémoire dévouée et passionnée des lieux. Son ton, sa flamme et sa foi allumaient les cœurs et les esprits. Les mots étaient parfaitement combinés. Il ne finit pas en se frottant la queue contre le sol, en signe d'exultation. Son apparence était cependant restée vénérable. L'aigle, pendant le discours, hocha la tête de temps à autre. Il se délectait de la simplicité et de la grande connaissance de son ami.

Que fallait-il dire ? Que fallait-il ajouter ? Les mots prononcés par Lombrimet auraient sans doute une influence considérable. Avec les meilleures dispositions du monde, les lombrics avaient renouvelé leur alliance. Ils voulaient garder leur vérité, l'embrasser, la serrer au cœur. Leur vérité n'était-elle pas aussi celle des autres puisque tous, finalement, faisaient partie de la même alliance ? Il était donc certain qu'il n'y en avait pas à en inventer, car une vérité inventée serait sans doute le mensonge le plus insupportable que l'univers puisse tolérer. La vérité était là, nue et offensive, dans des corps de chair, des souffles de terre, coulant sans résistance et sans efforts. Cette vérité était l'avenir de la vie d'ici. La conviction tenace que la vérité était intérieurement scellée dans leur existence même dissipait toute hésitation.

« Bravo » chuchota l'aigle dans un soupir de joie. « Merci », répondit Lombrimet.

– Ton discours laissera des traces, dit l'aigle.
– Mon discours n'est qu'une mémoire sortie de chacun de nous. Il n'y a de traces que celles laissées par ceux qui portent cette mémoire.
– C'est vrai ! Vous les lombrics, vous entendez tout, et rien de ce qui est dit sur cette terre ne vous échappe !

– Nous pouvons visiter la vie, nous pouvons aussi accueillir la mort. Nous connaissons le chemin qui va de l'une à l'autre. Quand nous parcourons ce chemin, c'est pour que les uns et les autres passent d'une rive à l'autre et apprécient dans la vie la beauté qui n'a ni frontière ni mesure.

Un éclair illumina l'esprit de l'aigle. Il s'était dressé sur ses serres et son regard était une flamme de désir et de puissance. Sa stature majestueuse faisait de lui un mystère de la nature qui amusait le ciel. Sur ce corps imposant, les courbures du temps semblaient perdre tout contrôle.

– Un aigle est donc un lombric qui s'ignore, dit-il avec ironie.
– Un aigle est un aigle dont l'esprit lombricien appartient à la terre, répliqua Lombrimet.
– Tous deviennent donc des lombrics, un jour ou l'autre ! J'aurai dans ma vie de lombric le plaisir insondable que mon esprit lombricien m'infuse dès à présent ! Etre un lombric, accomplir sa destinée, partager son essence, telle est cette course contre le vent dans laquelle nous sommes engagés. Nous sommes déjà dans ce train, n'est-ce pas ? J'ai le sentiment que lorsque je serai un lombric, j'aurai alors tout donné, quand mon essence sera devenue une sève qui s'emplit de l'universalité.
– Je ne manquerai pas de souligner que nous sommes pour partager. Le don de nous-mêmes est l'ultime étape de la vie. Quand nous sommes lotus, aigles, termites ou lions, nous sommes toujours les êtres parfaits qui nagent dans la coupe d'essence universelle. J'ai un peu cette impression diffuse que tous nos êtres sont des portions d'une essence vivante et immaculée. Le partage dont on parle, c'est la grande question qui a changé et obvié à l'esprit du moi, et qui enflammera les saisons à l'avenir. Comment être au cœur de cette chaîne de partage, comment s'éteindre soi-

même dans ce flot de vie ? Nous sommes d'ores et déjà des traces de l'ombre sur une terre généreuse, mais comment accepter de pousser notre existence à l'étape finale du partage ? Pour répondre à la question, il faut libérer l'esprit de sa propre oppression pour retrouver liberté. Je m'explique. Aussi longtemps que je me pousse, je me dirige moi-même. Si je m'abandonne, je suis porté et je peux aller à l'autre, conclut Lombrimet.

– Je suis un aigle martial, mais je souhaite aussi que mon esprit aille à sa source retrouver son essence pure. Je veux bien atteindre, rayonnant de clarté, le cœur du principe même qui nourrit, à sa face, l'essence qui me constitue!

– Soit ! considère que tu y es déjà !

La conversation était terminée. Juste à côté, le chœur montait sur une pile de bois pour offrir sa dernière présentation. La journée avait été grandiose et inoubliable. Ce jour-là, le sifflement heureux qui venait en dernier lieu fut baptisé *traces de vie* :

Traces de vie vents et chaînons
Meuvent la terre et son fanion
La vie prospère et son infusion
Bruit sous ciel sa fascination

Traces de vie traces d'intrusion
Sur terre prête pour procréation
Les êtres crient viens poumon
Donner souffle à nos horizons

Traces de vie lignes de direction
Les yeux cherchent ta précision
Les lombrics crient notre maison
Attend sûre sa belle floraison

Traces de vie dans cœurs de lion
Les terres chantent ta guérison
Aux plaies vives baume d'affection
Sous le ciel bleu en émotion

Les présents chantèrent et s'époumonèrent sous le voile du jour qui retombait sur le pays. Les lombrics étaient restés les mêmes. Naviguant sur les flots de la vie, toujours purs et vrais, ils poursuivaient leur course, bien décidés à chérir les trésors qui faisaient leur fierté. Ils avaient tout pour le faire, et aucune adversité ne paraissait être en mesure de leur enlever ce qu'ils avaient de plus cher. Ils sentaient la lumière. Ils y étaient. Le lombric accueillait les filets de lumière de la terre réchauffée pour en faire le pain de tous. Miracle des âges, sève de la vie. La terre s'accouplait ainsi avec le lombric qui lui, à son tour, l'alimentait. C'était ça leur histoire, chantée aux confins des terres de l'ombre.

Table des matières

Chapitre 1 - Les terres de l'ombre..................................5

Chapitre 2 - Le peuple de l'ombre............................ 15

Chapitre 3 - Les trésors de l'ombre........................... 24

Chapitre 4 - Fissures dans l'ombre............................ 36

Chapitre 5 - Les beautés de l'ombre 48

Chapitre 6 - Une ombre sur l'ombre........................ 60

Chapitre 7 - Assaut sur les terres de l'ombre........... 73

Chapitre 8 - Les traces de l'ombre............................ 85

www.ingramcontent.com/pod-product-compliance
Lightning Source LLC
Chambersburg PA
CBHW072014170626
46813CB00005B/2150